華語語法活動小錦囊

誰說語法只能透過單調的操練來學習？
本書提供教師多元的教學活動，
激發學生對語法的好奇與興趣。

宋如瑜、許詩聆、張瑋庭、陳郁茹、龍沛名、蔡欣娟 著

編者的話

　　語法學習，是第二語言學習過程中難以避免的一環，但因語法本質抽象，使得學習者尤其是幼童很難在短期內習得，因而成了在漢字外另一個華語學習的難點。為使教師能提高教學效率，並協助學習者習得抽象的語法規則，進而延續學習動機，《華語語法活動小錦囊》於焉誕生。我們期望透過此書的活動實例，能為多年來以操練為主的語法教學注入新的元素。本書的編寫依循以下四個原則：

一、趣味

　　試圖擺脫機械式的操練以及單調的紙筆練習，改由各種有趣的課堂活動，激發學生對語言規則的好奇與興趣。

二、實用

　　本書提供的活動，具步驟明確、易於操作的特點，進行中教師便可測知學生的學習成效，並能與《實用視聽華語》、《遠東生活華語》、《新實用漢語課本》、《中文聽說讀寫》等通用的華語教材搭配使用。

三、多元

　　活動的形式包括了「語法點導入活動」、「語法點課後練習活動」等，書中亦附有相關的活動教具，如：字卡、圖卡、PowerPoint 內容範例等。

四、明確

　　書中的語法點多為使用頻率較高者，書後並有附錄標明各語法點的程度，以便教師查閱、檢索。

　　本書盼能跳脫傳統的機械式練習，提供多元的教學思維，教師亦可由書中的活動為起點，發展出更多有趣且接近學習者經驗的教學設計。

編者

2007.8.1

contents

壹、詞類

一、時間詞

1 時間的表達方式：年、月、日、星期

▶語法點簡介：

「年」、「月」、「日」、「星期」等時間詞用來表示所發生的時間。

◎公式

公式一

	主語	時間詞	動詞	（賓語）
1	她	下午	有	事。
2	他	九月二十七日	回來。	

公式二

	主語	時間詞	形容詞
1	我	今天	很忙。
2	爸爸	今天	很高興。

公式三（時間詞置於主語前）

	時間詞	主語	動詞＋（賓語）／ 形容詞
1	明天早上	她	有事。
2	十月十日	我們	去爬山。
3	今天	我	很忙。

◎注意事項：

1. 當要強調時間時，時間詞可置於主語之前，如公式三。
2. 句中出現兩種以上表示時間的成分時，順序應為「長時間在前，短時間在後」。例如：「明天上午」、「今天晚上」、「一九八四年七月一日星期六」。
3. 「星期日」亦可稱作「星期天」。
4. 時間詞必須置於謂語動詞前，不能置於謂語動詞之後。例如：「＊我們參觀故宮今天下午」是錯誤的。

10 華語語法 活動小錦囊

5.有的時間詞可單獨作謂語，表時間、日期。（劉月華、潘文娛、故韡，2001）例如：「現在三點十五分。」

6.依照劉月華等（2001）的看法，時間詞語分為「時點」、「時段」兩種。「時點」表示在什麼時候，例如：「一九九九年」、「今天」、「早上」，說的是時間的位置；「時段」表示多長時間，例如：「三年」、「一個晚上」、「三個小時」，說的是時間的量。「時段」在此暫不列入討論與練習。

◎參考文獻：

劉月華等（2001），《實用現代漢語語法》（增訂本），頁63、65。北京：商務印書館。

☼活動一：David 的一週行程表

▶活動人數：

小班級為佳。

▶活動道具：

以 PowerPoint 設計一週行程表。（見活動流程）

▶活動流程：

1.將學生分成兩組。
2.教師預先以 PowerPoint 設計一份一週行程表（可用班級中的學生為例），活動進行時，將行程表放映出來。
3.教師發問，兩組學生就「行程表」的內容搶答。
4.答出最多正確句子的組別即為優勝隊伍。例如：

David 2006/4/9-2006/4/15 的行程表							
星期 時間	星期日	星期一	星期二	星期三	星期四	星期五	星期六
09：00- 12：00	上教堂						游泳
13：00- 15：00			鋼琴課				
15：00- 17：00							
17：00- 20：00		華語課		華語課	繪畫課	華語課	
20：00- 22：00							我的 生日會

老師問：David 的生日是幾月幾日？David 什麼時候有華語課？David 什麼時候有繪畫課？

▶備註：

兩組學生在搶答時，教師盡量避免讓相同的學生重複回答問題，可以指名較少發言的學生回答。

☀活動二：查節日

▶活動道具：

若干張有關節日圖案的卡片、兩份月曆。

▶活動流程：

1. 將學生分成兩組。活動進行時，由兩組學生進行搶答。
2. 每組各持一份月曆，學生根據老師的問題，在月曆上找出答案，並用正確的句型說出答案，便得一分。得分最高的隊伍即為優勝隊伍。

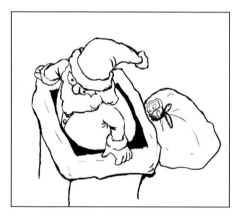

例如：

老師問：「聖誕節在幾月幾日？」學生回答：「聖誕節在十二月二十五日。」

▶備註：

教師可依學生的程度，介紹一些中國的節日，例如：「端午節」、「中秋節」……等，讓文化融入語言學習。

2　時間詞的連用：以前⋯⋯後來⋯⋯

▶語法點簡介：

1.「以前」指比說話時或某一時間更早的時間。如圖所示：

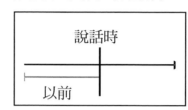

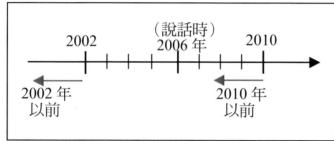

2.「後來」指在過去某一時間之後的時間。有以下兩種情況：

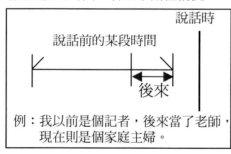

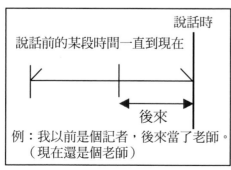

◎參考文獻：

以上圖案修改自彭小川、李守紀、王紅（2005），《對外漢語教學語法釋疑 201 例》，頁 2、6。北京：商務印書館。

☀活動一：有什麼不一樣？

▶活動人數：

不限。（可分成兩組競賽）

▶活動道具：

圖片數組。（內容相似的兩張圖片為一組）

▶活動流程：

1. 將全班分成兩組。
2. 老師依序拿出數組圖片，請兩組學生依照圖片內容變化，進行搶答。
3. 答對後請全班一起複誦正確句子，接著進行下一題。
4. 活動結束後，可將正確句子再次複習，加深學生印象。

▶備註：

圖片範例如下：

1. 他以前很矮，後來長高了。

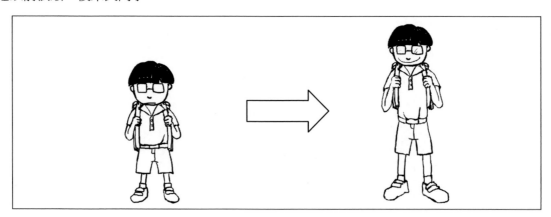

2.她以前很胖，後來變瘦了。

3.他以前喜歡吃麵，後來不喜歡了。

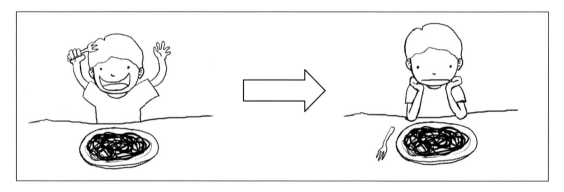

4.他以前住在美國，後來住在台灣。

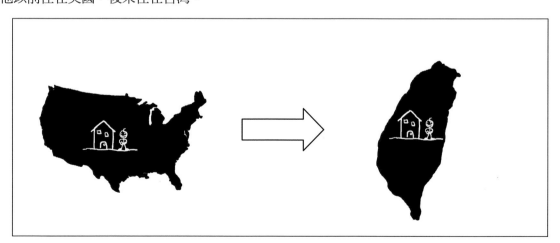

5.他以前不會開車，後來學會了。

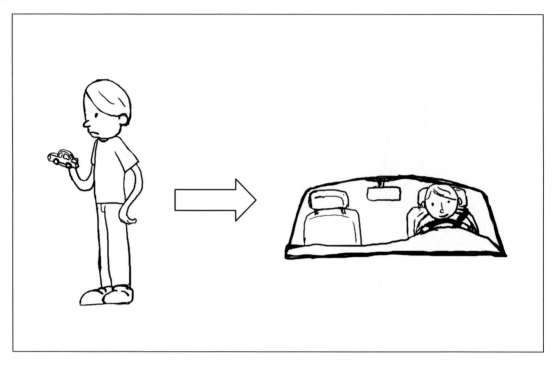

二、動詞

3 距離的表達：……離……＋距離

▶**語法點簡介：**

主要表示兩物之間的距離。

◎**公式**

	A	離	B	距離
1	我們	離	學校	不遠了。
2	天津	離	北京	一百二十公里。
3	百貨公司	離	學校	（有）多遠？

◎**注意事項：**

「離」還有表時間、目的等其他用法，在此暫不列入討論。

☼活動一：地圖會說話

▶活動人數：

20 人以內為佳，5 人一組。

▶活動道具：

地圖、謎題紙、題目。

▶活動流程：

1. 老師發給各組學生一張地圖和一張謎題紙，計時五分鐘讓學生完成填空。
2. 五分鐘後，老師出題目讓學生搶答，學生必須以「A 離 B＋距離」的完整句來回答。得分最多的組別即為優勝隊伍。

   題目舉例：

   a. 餐廳離教堂有多遠？

   b. 郵局離教堂有多遠？

   c. 家離餐廳有多遠？

   d. 郵局離餐廳有多遠？

   e. 教堂離家有多遠？

   f. 郵局離家有多遠？

▶備註：

1. 謎題紙的內容如下：請學生選擇最短的距離為答案

A 地	B 地	距離	句子
家	郵局	六公里	家離郵局六公里
家	教堂		
家	餐廳		
餐廳	郵局		
餐廳	教堂		
郵局	教堂		

2.地圖如下：

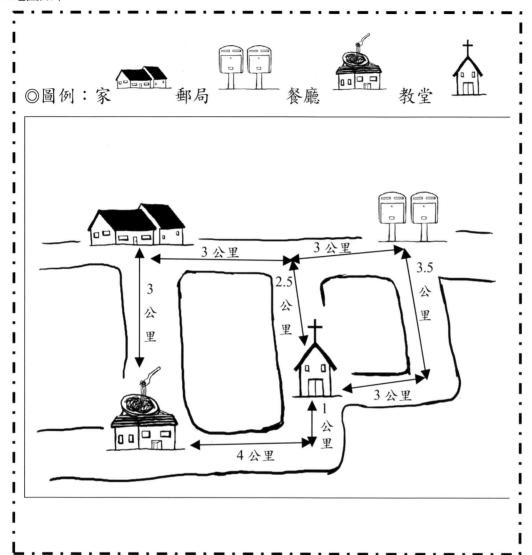

4　嘗試、輕微、舒緩的語氣：動詞＋ 一 ＋動詞

▶語法點簡介：

「動詞重複」的作用，除了表示輕微和舒緩的語氣之外，還使該動作帶有嘗試的意味。

◎公式

	主語	動詞	一	動詞	（名詞）
1	你	看	一	看。	
2	你	想	一	想。	
3	我	找	一	找	課本。

◎注意事項：

在動詞後加「一下」的作用等同於「動詞＋一＋動詞」。例如：「你看一看。」＝「你看一下。」

◎參考文獻：

楊寄洲（1999），《對外漢語教學初級階段語法大綱》，收錄於《對外漢語教學初級階段教學大綱》，頁58。北京：北京語言文化大學出版社。

☼活動一：限時動詞專送

▶活動人數：

20 人以內為佳。

▶活動道具：

白紙。

▶活動流程：

1.將全班分成兩組進行活動。

2.分別發給兩隊白紙一張。

3.老師在黑板上寫下若干「動詞＋名詞」的目的語，例如：「試衣服」、「找鑰匙」、「吃蘋果」……等。

4.計時三分鐘，讓兩隊在時間內以「主詞＋動詞＋一＋動詞＋名詞……」的句型完成句子。例如：「你找一找鑰匙在哪？」、「你試一試衣服合不合身？」、「你吃一吃蘋果甜不甜？」

5.三分鐘後，全班一起檢討兩隊的答案，完成最多正確句子的組別即為優勝隊伍。

三、形容詞

5　程度加深的表達：形容詞重疊

▶**語法點簡介：**

表示程度加深或加強描寫。

◎**公式**

	重疊方式	範例
1	AA 式－	「紅紅」的西瓜、「大大」的眼睛、「高高」的樹
2	AABB 式－	「漂漂亮亮」的衣服、「乾乾淨淨」的房間
3	ABAB 式－	「雪白雪白」的皮膚、「筆直筆直」的大樹

◎**注意事項：**

1. 「形容詞重疊形式」不能和副詞「很」同時使用。例如：「她的房間很乾乾淨淨」是錯誤的。

2. 「AA 式」是由單音節形容詞的重疊所構成，如「大」→「大大的」；「AABB 式」是由形容詞「AB」重疊而成，如「漂亮」→「漂漂亮亮」；「ABAB 式」是由一個名詞語素（或動詞語素）與一個形容詞語素構成的複合形容詞「AB」重疊而成，如「雪白」→「雪白雪白」。

◎**參考文獻：**

楊寄洲（1999），《對外漢語教學初級階段語法大綱》，收錄於《對外漢語教學初級階段教學大綱》，頁46。北京：北京語言文化大學出版社。

☀活動一：故事接龍

▶活動人數：

10 人為佳。

▶活動道具：

字卡數張。

▶活動流程：

1.將學生分成兩隊。
2.老師在黑板上寫下 5 個形容詞重疊的關鍵詞。
3.兩隊必須以關鍵詞來編一個小故事，限時十分鐘。
4.時間到後上台分享。

▶備註：

1.學生在動腦想故事時，老師可在旁適時給予協助，並糾正其文法。
2.關鍵詞必須具備三種：AA、ABAB、AABB 式。

☼活動二：造詞腦力激盪

▶活動人數：

15 人以內為佳。

▶活動道具：

6 張題目卡，寫著「AA」、「AABB」、「ABAB」三種形式，每種各兩張。

▶活動流程：

1. 請學生圍成一個圓圈，老師站在圓圈中央，讓學生抽題目卡。
2. 學生根據所抽到的題目來造出形容詞重疊的詞。

   造詞範例：

   抽到「AA」——「紅紅的太陽」

   抽到「AABB」——「漂漂亮亮的衣服」

   抽到「ABAB」——「筆直筆直的大樹」

▶備註：

1. 老師可視情況決定活動時間長短，以每個學生都有練習的機會為主。
2. 「ABAB」的使用頻率較低，教師可考慮第一次只教「AA」、「AABB」兩類。

四、數詞和量詞

6　數詞與名量詞

▶語法點簡介：

根據劉月華等（2001）的看法，量詞是表示事物或動作數量的單位詞，可分為「名量詞」與「動量詞」（動量詞詳參第七個語法點），前者是表示事物數量單位的量詞；後者是表示動作或變化次數單位的量詞。表示事物的數量時，一般不把數詞直接用在名詞前，而是在數詞和名詞間加上量詞（名量詞）。

◎公式

	數詞	量詞（名量詞）	名詞
1	一	個	人
2	兩	位	老師
3	三	本	書

◎注意事項：

1.「二」與「兩」的分別：（彭小川等，2005）

（1）「二」——

①用於表示數字、序號和號碼，如「二」、「十二」、「二十」「第二」、「二號」。

②可直接放在一些名詞前面，表示「第二」，指具體的某一個事物。如「二月」、「二樓」、「二班」。須特別注意以下各例的差別：如「二月」≠「兩個月」，「第二年」≠「兩年」，「二樓」≠「兩層樓」，「二班」≠「兩個班」……等。

（2）「兩」——

①用在百、千、萬、億的前面，如「兩百」、「兩千」、「兩萬」、「兩億」。

②用於個位數一般表量，在量詞和一些可以作量詞的名詞前面一般都用「兩」，如「兩個」、「兩輛」、「兩斤」、「兩年」、「兩點」、「兩歲」；可是在表示重量、長度和容量的量詞前面也可以用「二」，如「二兩」、「二錢」、「二升」、「二尺」。

2.一般名量詞的用法：

（1）　「條」——用於長條狀的物品或動物，如「路」、「魚」、「蛇」。

（2）　「件」——用於衣服，如「襯衫」、「外套」、「裙子」。

（3） 「本」——用於書本，如「書」、「雜誌」。

（4） 「張」——用於能展開（或打開）的平面物體，如「紙」、「畫」、「桌子」。

（5） 「位」——用於人物，如「老師」、「學生」。

（6） 「杯」——用於以杯子裝的飲料類，如「水」、「酒」。

（7） 「輛」——用於交通工具，如「公車」、「卡車」。

（8） 「盒」——用於裝在盒子內的物品類，如「巧克力」、「茶葉」。

（9） 「雙」——用於成雙的物品，如「襪子」、「筷子」。

（10） 「顆」——用於小而圓的東西，如「珍珠」、「鑽石」、「花生」。

（11） 「隻」——用於大部分的動物，如「鳥」、「兔子」、「狼」。

（12） 「頭」——用於體型較大的動物，如「豬」、「牛」、「熊」。

◎參考文獻：

劉月華等（2001），《實用現代漢語語法》（增訂本），頁 129、130、134。北京：商務印書館。

彭小川等（2005），《對外漢語教學語法釋疑 201 例》，頁 32。北京：商務印書館。

☀活動一：配對遊戲

▶活動人數：

不限。

▶活動道具：

一份活動道具包括：與量詞配對的「名詞圖卡」數張（數量依遊戲時間做增減）、一張「常用名量詞表」（範例詳見備註）

▶活動流程：

1. 發給每位學生一份活動道具。
2. 請每位學生在限定時間內，將所有「名詞圖卡」和常用量詞配對完成。
3. 限定時間結束後，教師公佈正確答案。

▶備註：

1. 在進行活動前，教師可先幫學生建立各名量詞適用時機的觀念，讓學生運用分類來學習與記憶（各種常用名量詞的用法說明，詳見「語法點簡介」的「注意事項」）。漢語的名量詞很多，本活動僅以 10 個常用量詞（「條」、「件」、「本」、「張」、「位」、「杯」、「輛」、「盒」、「雙」、「顆」）作為教學舉例，教師可視情況做調整。
2. 「常用名量詞表」範例如下：
   （教師可依照「名詞圖卡」大小放大）

條	本	位	輛	雙
件	張	杯	盒	顆

3.「名詞圖卡」範例如下

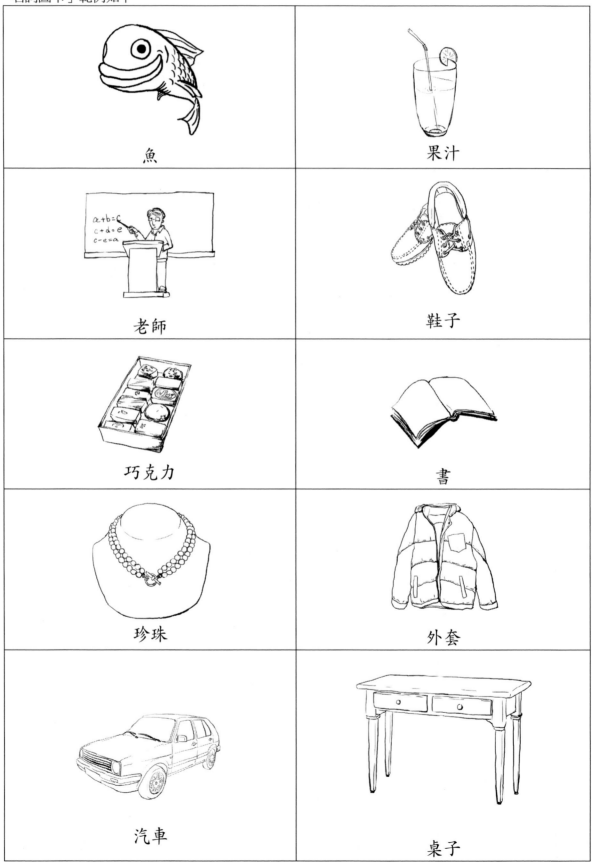

魚	果汁
老師	鞋子
巧克力	書
珍珠	外套
汽車	桌子

☼活動二：看圖說說看

▶活動人數：

20 人以內為佳。

▶活動道具：

「名詞圖卡」數張（圖卡數量視遊戲時間長短及學生人數而定），圖卡內容為名詞的圖案，圖案數量可有所變化。如「一輛腳踏車」、「兩本書」、「三把剪刀」……等。

◎圖卡範例（三封信）如下：

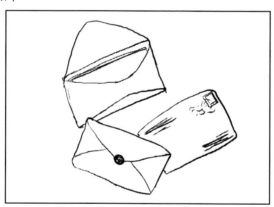

▶活動流程：

1. 全班分成兩組競賽，兩組以猜拳決定先後順序（下文以「A隊」來代替猜拳優勝隊伍，以「B隊」代表另一隊），兩組於每回合各派一位代表來進行活動，每位學生都必須輪流擔任代表。
2. 將名詞圖卡正面朝下，疊成一疊，置於桌上。
3. A隊代表先翻開第一張圖卡，並於三秒內以「數詞＋量詞（名量詞）＋名詞」的句型說出圖卡內容，答對即可得到圖卡（舉例來說，若圖卡內容為三封信，則學生必須回答「三封信」）；答錯必須將圖卡正面朝下，置於圖卡疊的最後一張。
4. B隊代表繼續翻開圖卡，並依循步驟3來進行遊戲，依此類推。
5. 遊戲進行至全部圖卡皆已正確猜出，即可結束遊戲。遊戲結束後統計兩隊圖卡數，較多者即為優勝隊伍。

7 動量詞

▶語法點簡介：

「動詞＋數詞＋動量詞（次／回／下／趟／遍）」用來表達動作進行的次數。

◎注意事項：

常用動量詞的分別：

（彭小川等，2005）（劉月華等，2001）

1. 動詞＋次：

   這是最常用的動量詞，用於表示一件事情發生的數量，一般用於「能反覆出現的動作」，例如：「我去過北京三次」、「這個問題我們討論了三次」、「這個電影她看了兩次」。

2. 動詞＋回：

   表示動作的次數，一般用於「能反覆出現的動作」，比「次」的口語色彩更濃。例如：「我看過一回京劇」、「我吃過一回烤鴨」、「我爬過一回長城」。

3. 動詞＋下：

   用於時間很短的動作，例如：「他拍了我一下」、「他敲了桌子一下」、「他搖了幾下旗子」。有時含有「嘗試」的意味，例如：「他看了一下，沒看到什麼」。

4. 動詞＋趟：

   用於一去一來的動作，例如：「我去了歐洲一趟」、「我想回家一趟」、「他今天來了三趟都沒看到你。」另外還可以用於「火車」，火車的一去或一來是「一趟」。

5. 動詞＋遍：

   用於表示動作從頭到尾地完成一次，所以這個動作的對象總是有一定長度的，而且常常和文字、語言有關，如文章、電影、音樂、說的話……等，例如：「這個電影我看了三遍」、「你說的話我沒聽清楚，請你再說一遍」、「這片 CD 我聽了一遍」。

◎參考文獻：

彭小川等（2005），《對外漢語教學語法釋疑 201 例》，頁 39-40。北京：商務印書館。

劉月華等（2001），《實用現代漢語語法》（增訂本），頁 135。北京：商務印書館。

☀活動一：井字遊戲

▶活動人數：

10 至 15 人為佳。

▶活動道具：

一組一張九宮格紙（「數詞＋動量詞」的填空題，範例參照備註）、數張「數詞＋動量詞」的卡片（因為練習重點在於動量詞，所以數詞皆為「一」；動量詞以「次」、「回」、「下」、「趟」、「遍」為主）、袋子。

▶活動流程：

初級活動

1. 將學生分為三組，每組 3 至 5 人。

2. 老師發給每一組一張九宮格紙，上面是「數詞＋動量詞」的填空題，每格中的句子都須填入一個「數詞＋動量詞」，同組的學生須合作完成。

3. 等學生完成後，老師從袋中抽出「數詞＋動量詞」的卡片，例如：「一遍」。

4. 若學生寫在九宮格空格內的答案與老師抽出的卡片相同，即在空格內做上記號。

5. 三個連續的記號可連成一線，若有隊伍完成三條線就暫停遊戲。

6. 老師帶全班檢討最快完成三條連線隊伍的答案，若有誤，遊戲則重來，老師重新抽出卡片；若正確無誤，即為優勝隊伍。

7. 最後，老師逐一檢討每組答案是否正確。

進階活動

請學生自由填寫九宮格紙的內容，但必須是使用句型「動詞＋數詞＋動量詞（次／回／下／趟／遍）」的句子。其餘遊戲流程如同初級活動。

▶備註：

1. 教師必須確實讓學生都了解自己寫的答案是否正確。

2. 學生在填空時，老師必須事先強調每格的數詞為「一」（因為此活動的練習重點在於動量詞），例如：「一回」。

3. 填空題數目可依照活動進行時間加以調整。

4. 九宮格紙範例：

爸爸去過台灣_____。	我吃過_____ 北京烤鴨。	我看過_____ 舞台劇。
這片 CD 我聽過_____。	我唱了_____ 國歌。	Joe 聽過_____ 音樂會。
他敲了桌子_____。	這本書姊姊讀過_____。	我想回家_____。

五、副詞

8　表程度的疑問副詞「多」＋形容詞（大／高／長／重／寬／厚／遠）

▶語法點簡介：

疑問副詞「多」＋形容詞（大／高／長／重／寬／厚／遠……等）用來詢問年齡、面積、長度、寬度、厚度、重量、距離等。

◎公式

	主語	多	形容詞（大／高／長／重／寬／厚／遠？）
1	教室	多	大？
2	他	多	高？
3	那條路	多	長？
4	這個箱子	多	重？
5	這條河	多	寬？
6	課本	多	厚？
7	餐廳	多	遠？

◎注意事項：

1. 「疑問副詞『多』＋形容詞」作「謂語」時，前面常用「有」（可省略），「有」表示「達到」的意思，例如：「那個房間有多大？」。若不作謂語時，前面不能加「有」，例如：「你喜歡住多大的房子？」
2. 疑問副詞「多」後面的形容詞有以下兩種情況：
   （1）無標的時候（自然的、不特別註明的時候）——
   後面用「正向形容詞」，因為從認知的角度看，範圍大的可以涵蓋小的。
   例如：問面積、容積、年齡用「多大」；問高度用「多高」；問長度用「多長」；問重量用「多重」；問寬度用「多寬」；問厚度用「多厚」；問距離用「多遠」，而不會說「多近」、「多短」、「多低」、「多薄」、「多窄」……等。

（2）有標的時候（特地指明的時候）——

此時就可以用「負向形容詞」（範圍小的形容詞），特別是在對話或者篇章之中，問話者已限定所敘述事物的性質（問話者已經提醒你注意其所用的負向形容詞）。

例一：

　　A：餐廳很近，一下就到了。

　　B：（有）多近？

例二：

　　A：力波剪了一個很短的頭髮。

　　B：（有）多短？

3.「多大」可以用來詢問年齡，但主要是問平輩或晚輩，問長輩一般用「多大年紀」、「多大歲數」……等。

4.回答時，可以只說出數量，不必再重複形容詞。例如：「昨天下的雪多厚？」「大概五釐米（厚）」。

◎參考文獻：

楊寄洲（1999），《對外漢語教學初級階段語法大綱》，收錄於《對外漢語教學初級階段教學大綱》，頁54。北京：北京語言文化大學出版社。

☼活動一：配對遊戲

▶活動人數：

以小班級為佳。

▶活動道具：

物品圖片、答案卡。（見備註）

▶活動流程：

1.將全班學生分為若干小組（3 至 5 人一組為佳）。

2.教師將幾組物品的圖片與寫有答句的字卡發給每組的學生，讓同組的學生一起合力找出可以成為配對的「物品圖片」及「答案卡」。

3.學生找出可以成為配對的「物品圖片」及「答案卡」後，必須用「疑問副詞『多』＋形容詞（大／高／長／寬／厚／重）」的句式寫出正確的問句，速度最快且最正確者獲勝。

▶備註：

學生依據答案卡上的句子，寫出相對應的問句。

以下頁圖一為例，學生應寫出　「杯子多高？」的問句。

（下面左方為物品圖片，右方為答案卡）

（杯子多高？）

15 公分高。

（蘋果多重？）

250 公克重。

（書多厚？）

5 公分厚。

（櫃子多高？）

2 公尺高。

☀活動二：完成問句

▶活動人數：

以小班級為佳。

▶活動道具：

寫有主語的字卡（完整句為「主語＋疑問副詞『多』＋形容詞」，「疑問副詞『多』＋形容詞」的部分空白）、答案卡、袋子。寫有主語的字卡及答案卡的數量可視活動時間增減。範例如下：

教室_____？	書本_____？

3公尺高。	5公分厚。

▶活動流程：

1. 將全班學生分為若干組。（3 至 5 人一組為佳）
2. 教師將幾組寫有主語的字卡和答案卡（可以互相配對的）放入袋中，同組的學生須一起找出可以相符的配對，並完成疑問句上的空白。最快完成者即為獲勝隊伍。

▶備註：

教師在設計答案卡時，須考慮學生是否學過某些特別的單位詞。例如：坪、米……等。

9 動作的進行：正在、在、正

▶語法點簡介：

表示動作在進行中或狀態在持續中。

◎公式

肯定式

	主語	正在／在／正	動詞	賓語	（呢）
1	我	正在	上	課。	
2	哥哥	在	吃	飯	呢。
3	他們	正	開	會	呢。

疑問式一

	主語	正在	動詞	什麼？
1	媽媽	正在	煮	什麼？
2	你	正在	看	什麼？
3	他	正在	寫	什麼？

疑問式二

	主語	正在	動詞	賓語	嗎？
1	媽媽	正在	煮	飯	嗎？
2	你	正在	看	電視	嗎？

否定式

		主語	沒	（在）	動詞+（賓語）
1		媽媽	沒	在	看書。
2		我們	沒	在	聊天。
3	昨天你打電話給我的時候，	我	沒		聽到電話鈴聲。

◎注意事項：

1.表示動作進行的否定式句子裡，謂語動詞前用了副詞「沒」，「正」必須省略。例如：「他沒在看電視」、「我們沒在剪頭髮」。

2.副詞「正」、「在」和「正在」表示的意思基本相同,「正」著重表示某時間,「在」著重表示處於進行狀態,「正在」既指時間又指狀態。(呂叔湘主編,2003)

3.「正在」不能用來表示「長期進行」或「反覆進行」的動作,例如:「＊我一直正在考慮」是錯的。

4.表示動作進行的「正在」、「正」和「在」不能和表示動作完成的動態助詞「了」並用。例如:「＊他正在聽音樂了」是錯的。

5.表示動作進行的「正在」、「正」和「在」的句子中,不能用動補詞組,例如:「＊他正在寫完呢」是錯的。

6.疑問式二:「主語＋正在＋動詞＋賓語＋嗎?」在活動中暫不列入練習。

◎參考文獻:

呂叔湘主編(2003),《現代漢語八百詞》(增訂本),頁672。北京:商務印書館。

楊寄洲(1999),《對外漢語教學初級階段語法大綱》,收錄於《對外漢語教學初級階段教學大綱》,頁41－43。北京:北京語言文化大學出版社。

劉月華等(2001),《實用現代漢語語法》(增訂本),頁63、65。北京:商務印書館。

☀活動一：你比我猜

▶活動人數：

20 人以內。

▶活動道具：

題目字卡（題目舉例：「騎機車」、「洗澡」、「打棒球」、「彈琴」、「讀書」、「寫字」……等）。

▶活動流程：

1.將全班分為兩組，兩組每回合各派一位代表上台抽表演題目。

2.各組代表不能發出聲音，只能以動作表演出題目內容。

3.兩組組員分別就代表的動作猜題，以「主語+正在+動詞+賓語」的句型來說出答案，答對者可得一分，並換下一位學生上台抽題表演。

4.活動進行至兩組學生猜完所有謎題後結束。最快猜完的組別即為優勝隊伍。

10 「再」與「才」的辨別

▶語法點簡介：

「再」和「才」都可以用於動詞前，但是意思不同：「再」表示動作的「先後順序」，而「才」表示前一個動作的發生是後一個動作發生的「條件」。（彭小川等，2005）

◎「再」與「才」的辨別

做了 A 再做 B　→　先做 A，然後做 B。
例句：我先洗手，再吃飯。（A：洗手　B：吃飯）
做了 A 才做 B　→　如果做 A，那麼做 B；如果不做 A，就不做 B。
例句：他每天回到家洗了澡才吃飯。（A：洗澡　B：吃飯）

◎注意事項：

1. 根據彭小川等（2005）的看法，「再」表示的是一個動作在另一個動作的後面發生，只能用於經常的或還沒做的事；而「才」表示前一個動作的發生是後一個動作發生的條件，並沒有時間的限制。
2. 「再」的句型中，前句常常用「先」引出先做的動作，後句用「再」引出後做的動作。

◎參考文獻：

彭小川等（2005），《對外漢語教學語法釋疑 201 例》，頁 132。北京：商務印書館。

☼活動一：分秒必爭

▶活動人數：

6 至 10 人為佳。

▶活動道具：

題目字卡（範例見備註）、磁鐵。

▶活動流程：

1. 將全班學生分成兩組，以搶答的形式回答問題。
2. 老師將題目字卡貼在黑板上，一次貼一題。
3. 題目貼好後請兩組學生搶答，速度快的組別獲得搶答權。
4. 答對則獲得一分。若是答錯，即失去回答資格，並換另一組回答。
5. 獲得最多分數的組別即為優勝隊伍。

▶備註：

題目範例如下：
請想想下面的空格應該填上「再」還是「才」：（括弧中為答案）

A. 我先吃完這碗飯□跟你說。（再）

B. 我現在要出去，回來以後□告訴你是怎麼回事。（再）

C. 他一定要等到她的電話□放心。（才）

D. 寫漢字的時候一般是先寫橫，□寫豎。（再）

E. 這個孩子要見到他媽媽□不哭。（才）

F. 我看了妳的信□知道妳已經結婚了。（才）

G. 我先出去一下，回來□打電話給你。（再）

H. 我睡前一定要喝杯熱牛奶□睡得著。（才）

I. 他總是把錢花光後□知道存錢的重要。（才）

J. 妳看了小說以後□看這部電影，就更能了解電影的內容了。（再）

11 難免……

▶語法點簡介：

表示因為某些原因而導致特定的結果發生，此結果通常為負面且不易避免的。

◎公式

公式一：

原因	難免	要／會／想	動詞
這麼冷的天氣，你穿這麼少的衣服	難免	會	感冒。

公式二：

原因	結果	是	難免	的
剛失戀的人	心情低落	是	難免	的。

公式三：

原因	動作主體	難免	（會）	動詞
你一整晚沒回家，	父母親	難免	會	擔心。

◎注意事項：

1. 難免的句中主語可以是同一個，也可以是不同的。

    例子：

    小明每晚不睡覺打電動，難免身體不好。

    小明每晚不睡覺打電動，媽媽難免會擔心。

2. 句中主語為一個主體時，主語可以放在原因前，也可以放在原因後面。

    例子：

    小明整晚沒睡難免會精神不好。

    整晚沒睡小明難免會精神不好。

◎參考文獻：

呂叔湘主編（2003），《現代漢語八百詞》（增訂本），頁 408。北京：商務印書館。

☼活動一：看圖說話

▶活動人數：

10 至 15 人為佳。

▶活動道具：

語法點導入圖片 PowerPoint、題目卡。（範例詳見活動流程、備註）

▶活動流程：

1. 老師先播放 PowerPoint 的圖片讓學生看。
   內容範例：

2. 教師引導學生進入語法點的情境。
   例如：

   > 教師：「圖片裡的人怎麼了？」
   > 學生：「他想睡覺。」
   > 教師：「為什麼他想睡覺？」
   > 學生：「可能昨天晚上沒睡覺。」（這裡學生會出現很多答案）
   > 教師：「請跟我說：『晚上睡眠不足時，白天難免會想睡覺。』」
   > 學生跟著複誦，老師解釋語法點用法。

3.練習過後，學生輪流上台抽題目卡。

4.學生根據抽到的題目卡，套用「難免」的句型造句。

5.若出現錯誤的句子老師可以在旁給予糾正與指導。

▶備註：

題目卡如下：

> 他兩年沒回國，一定會想念親人和朋友。

（→他兩年沒回國，難免會想念親人和朋友）

> 兩個剛見面的人，說話時可能會害羞。

（→兩個剛見面的人，說話時難免會害羞）

> 熬夜寫作業，身體一定不好。

（→熬夜寫作業，身體難免會不好）

> 學中文從來不開口練習說，中文一定學不好。

（→學中文從來不開口練習說，中文難免學不好）

> 一個人說話不禮貌，大家一定不喜歡他。

（→一個人說話不禮貌，大家難免會不喜歡他）

> 每天吃速食可能會營養不均衡。

（→每天吃速食難免會營養不均衡）

☼活動二：角色扮演

▶活動人數：

10 至 15 人為佳。

▶活動道具：

語法點導入 PowerPoint。(範例見備註)

▶活動流程：

1.老師先將準備好的對話情境以 PowerPoint 播放。
2.教師抽點學生上台根據 PowerPoint 的圖片及情境做角色扮演。
3.若有錯誤老師可以在旁適時給予糾正與指導。

▶備註：

1.教師必須點不同的學生上台，避免重複抽點，以增加學生練習的機會。
2.教師必須準備多種不同的對話情境，以增加學生學習興趣。

對話範例如下：

（在餐廳裡，美美等著她的男朋友……）

男朋友：對不起，我遲到了！妳等很久了吧！我剛剛才下班，遇上大塞車。
美美：沒關係，現在是下班的時間，＿＿＿＿＿＿＿＿＿＿＿＿＿＿＿＿＿。

（塞車是難免的）

（數學考試後，小柯和小布正在討論這次的考試）

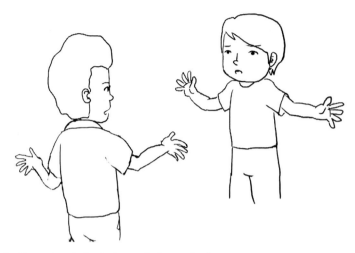

小柯：哎！完蛋了！剛才的題目我都不會寫！

小布：沒關係，沒有人永遠會得滿分，何況是那麼難的題目，＿＿＿＿＿＿＿。

（考不好是難免的）

六、介詞

12　動作行為發生的地點：在／到＋處所詞＋動詞

▶語法點簡介：

用來表示動作所發生的地點。

◎公式

	主語	在／到	處所詞	動詞	賓語
1	我	在	圖書館	看	書。
2	她	到	台灣	學	華語。
3	媽媽	到	市場	買	菜。

◎注意事項：

1.「在」、「到」與處所詞組成的介詞短語（或介詞詞組），置於動詞前，指出動作行為發生的地點。
2.學生在使用此句型時，常將處所詞後置，而產生偏誤。例如：「＊他學習漢語在語言中心。」應改為「他在語言中心學習漢語。」

◎參考文獻：

楊寄洲（1999），《對外漢語教學初級階段語法大綱》，收錄於《對外漢語教學初級階段教學大綱》，頁39－40。北京：北京語言文化大學出版社。

☼活動一：組成句子

▶活動人數：

以小班級為佳。

▶活動道具：

將句子分段的字卡（範例見備註）、袋子。

▶活動流程：

1. 將全班學生分為若干組（3至5人一組為佳）。
2. 教師發給每組一個袋子。
3. 教師將三個「表達動作行為發生地點」的句子分段寫在字卡上，例如：「媽媽 在 一樓 做飯。」、「我 在 二樓 寫作業。」、「爸爸 在 三樓 看電視。」將這些字卡放入袋內，同組的學生須合力排出正確的句子。
4. 學生排出三個句子後，應會發現：這三個句子的意義（屬性）是相近的。若否，則須與其他組的學生交換句子，交換句子的原則為：一句換一句。最快完成者即為優勝隊伍。

▶備註：

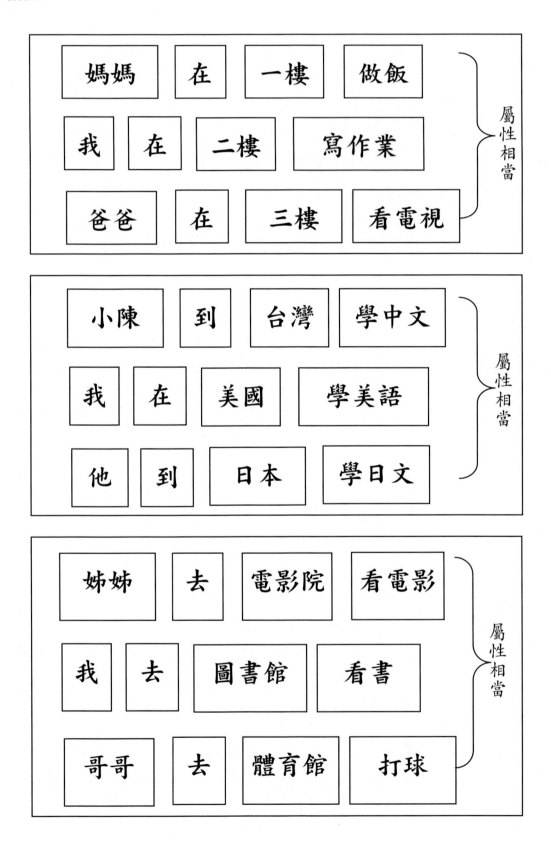

13 動作的方向：介詞（往、向、朝）＋方位詞＋動詞

▶語法點簡介：

「介詞（往、向）＋方位詞＋動詞」用來指引動作的方向。

◎公式

	（主語）	介詞（往、向）	方位詞	動詞
1		往	右	走。
2		向	前	跑。
3	他	朝	左邊	看。

◎注意事項：

1. 方位詞分成「單純方位詞」和「合成方位詞」兩種。

2. 單純方位詞詳見下表第一列（第一橫排）。

3. 單純方位詞前面加上「以」或「之」，或者後面加上「邊」、「面」、「頭」可構成合成方位詞。組合的情況詳見下表：（修改於劉月華等，2001）（「＋」表示能組合，「－」表示不能組合）

		東	南	西	北	上	下	前	後	左	右	裡	外	內	中	間	旁
前加	以	＋	＋	＋	＋	＋	＋	＋	＋	－	－	－	＋	＋	－	－	－
	之	＋	＋	＋	＋	＋	＋	＋	＋	－	－	－	＋	＋	＋	＋	－
後加	邊	＋	＋	＋	＋	＋	＋	＋	＋	＋	＋	＋	＋	－	－	－	＋
	面	＋	＋	＋	＋	＋	＋	＋	＋	＋	＋	＋	＋	－	－	－	－
	頭	－	－	－	－	＋	＋	＋	＋	－	－	＋	＋	－	－	－	－

4. 除了上表中組合的合成方位詞外，還有「中間」、「當中」、「底下」等合成方位詞。

5. 單純方位詞還能兩兩組合成另一個方位詞，如「東北」、「西南」。但漢語不能說「南西」、「北東」……等。

6. 成對的單純方位詞還能組成合成方位詞，如「上下」、「前後」、「左右」、「內外」。

7. 「朝」、「向」、「往」皆是表示空間的介詞，差別詳見下表：

	表示行為動作的方向（……＋動詞／動詞＋……）		抽象意義動詞
向	✓（如：向前看）	✓（如：走向教室）	✓（如：向他學習）
朝	✓（如：朝左走）	X	X
往	✓（如：往右跑）	✓（如：開往山上）	X

◎參考文獻：

劉月華等（2001），《實用現代漢語語法》（增訂本），頁50、55。北京：商務印書館。

☼活動一：默契大考驗

▶活動人數：

20 人以內為佳。

▶活動道具：

黑色布條五條，一組一條。

▶活動流程：

1. 學生每 4 人為一隊，各自分散在教室的一角。
2. 每隊隨意捐出四樣物品，放置在教室的某個地方。
3. 各隊推派一人，被推派者須矇上眼睛，在原地轉五圈後，出發走向物品放置的地方。被推派者不能說話，只能依照其他隊友給予的口頭指示（例如：向左走／往右走⋯⋯等）移動。
4. 被推派者順利拿到指定的物品後，返回隊伍與隊友交棒。
5. 過程中所有指示都來自隊友，但隊友不能伴隨前進，只能在原地給予指示。
6. 每隊皆須拿到四樣物品（四樣物品不限定是自己隊上的），最快完成的即為優勝隊伍。

▶備註：

1. 被推派者在遊戲進行中，身邊必須有一名隊友伴隨，隊友不能給予提示，只能負責維護被推派者的安全。
2. 遊戲中必須矇眼，因此必須格外注意安全問題。
3. 遊戲進行時，隊伍之間可以相互干擾，增加競爭氣氛和比賽難度。

☀活動二：青蘋果樂園

▶活動人數：

20 人以內為佳。

▶活動道具：

無。

▶活動流程：

1. 學生兩人一組，面對面進行遊戲。
2. 兩人一起唸青蘋果的順口溜，並配合肢體動作—青蘋果、青蘋果、青蘋果，上面上面下面下面（雙手十指交叉，然後手掌向外翻，往頭頂上和往下各兩次）、左邊左邊右邊右邊（雙手十指交叉，然後手掌向外翻，往左邊和右邊各兩次）、好孩子、好孩子、頂呱呱（雙手做滾輪狀然後豎起大拇指）、壞孩子壞孩子打嘴巴（雙手做滾輪狀然後比出猜拳的手勢），猜輸的人要接受對方用手指輕點一下頭頂，並猜出是哪一隻手指，若猜錯則繼續猜，直到猜對為止，此為一個循環。

▶備註：

1. 此遊戲適合年齡層較低的學習者。
2. 此活動練習重點在於「上面」、「下面」、「左邊」、「右邊」等合成方位詞，教師可視情況替換練習的方位詞，如：「東邊」、「西邊」、「南邊」、「北邊」、「前面」、「後面」、「裡面」、「外面」……等。

☀活動三：比手劃腳

▶活動人數：

10 人以內為佳。

▶活動道具：

目的句數句（範例見活動流程）。

▶活動流程：

1. 每 5 人為一組，各推派一人上台比動作，老師給予兩隊被推派者不同的目的句（主語＋介詞＋方位詞 ＋動詞），其他隊友則在台下猜測其動作所表示的目的句。
2. 兩組學生必須輪流上台，答對次數最多者即為優勝隊伍。
3. 目的句參考如下：

（1）「往前跑」
（2）「向後看」
（3）「向上看」
（4）「朝右看」
（5）「向西邊走」
（6）「他向左看」
（7）「我往東邊去」
（8）「車子往右拐」
（9）「大家往外看」
（10）「大家往後坐」

14 動作行為目的：來／去＋處所詞＋動詞＋賓語

▶語法點簡介：

「來／去＋處所詞＋動詞＋賓語」用來表示動作行為的趨向。「來」表示向著說話者移動（參照例句1），「去」表示背著說話者移動（參照例句2）。

◎公式

	主語	來／去	處所詞	動詞	賓語
1	他們	來	中國	學	漢語。
2	他	去	台灣	教	書。

◎參考文獻：

彭小川等（2005），《對外漢語教學語法釋疑 201 例》，頁 270。北京：商務印書館。

☀活動一：決戰當下

▶活動人數：

20 人為佳。

▶活動道具：

粉筆、目的句數句。

▶活動流程：

1. 老師在黑板上公佈目的句。例如：「我們來中壢學漢語」、「你們去台北吃飯」。
2. 學生 10 人一組，排成兩列，兩隊各據教室的一方。
3. 以自己隊上的位置為起點，對方隊伍為終點，用粉筆在地上畫出彎曲的路線。
4. 把總路程分為若干步數，步數和目的句的數量相等。
5. 每隊各派出一人猜拳，猜贏者唸出一句目的句，並且前進一步繼續猜拳。
6. 輸的一方淘汰，下一人遞補，最快唸完所有目的句者即為優勝隊伍。

▶備註：

1. 唸目的句時，兩隊依照各自進度進行，皆必須從第一句開始，並依序唸完。
2. 若學生已熟悉句型，可讓學生練習自由造句。

☀活動二：自由造句

▶活動人數：

10 至 15 人為佳。

▶活動道具：

字卡兩種，一種是「來」、「去」，另一種則是各類動詞（看、跑、吃等等）。

▶活動流程：

1. 學生 5 人一組，圍成圓圈坐下。
2. 每個人輪流抽兩張字卡，並造出完整的句子。
3. 字卡有兩種，一種是來、去，另一種則是各類動詞（看、跑、吃等等）。
4. 每個人依照手裡的兩張字卡，再添加主詞和賓語完成一個句子，例如：藍藍抽到「去」、「看」，接著造出「小明去台北看電影」的句子。
5. 依此類推，讓每個學生都充分練習造句。

▶備註：

學生熟悉語法點後，可讓學生只抽「主語」、「來」、「去」、「地方」、「動詞」、「賓語」其中一種，自由造出完整句子。

15 表示對象或憑藉的常用介詞：跟、給、替、用、對

▶語法點簡介：

「跟」、「給」、「替」、「用」、「對」是幾種常見的介詞，用來表示對象或是行為的方式、憑藉，其差別如下：

1. 「跟」——表示動作協同的對象，例如：「我跟你說一個故事。」

2. 「給」——

（1）表示給予的對象，即事物的接受者，例如：「我給你寫了信。」（「我寫了信給你。」）

（2）表示動作服務的對象，即引進受益者。例如：「老師給我解釋了那個句子。」

3. 「替」——表示動作服務的對象，例如：「請你替我向伯母問好。」

4. 「用」——表示行為的方式、憑藉，例如：「中國人用筷子吃飯。」

5. 「對」——表示動作行為的對象或關係者，例如：「他對我很客氣。」

◎公式

	主語	介詞	名詞	動詞	受詞	用法比較
1	我	跟	你	說	一個故事。	表示動作協同的對象
2	我	給	你	買了	禮物。	表示給予的對象
3	媽媽	給／替	我	做	早餐。	表示動作服務的對象
4	美國人	用	刀叉	吃	飯。	表示行為的方式、憑藉
5	他	對	我	說	謝謝。	表示動作行為的對象或關係者

◎注意事項：

1. 「給」的第（1）種用法可以將「給＋名詞」放在句子的最後，第（2）種用法不行。例如：「我給你寫了信。」→「我寫了信給你。」

2. 「給」的第（2）種用法可換成「替」。例如「老師給我解釋了那個句子」＝「老師替我解釋了那個句子」。

◎參考文獻：

劉月華等（2001），《實用現代漢語語法》（增訂本），頁 264－266。北京：商務印書館。

☼活動一：腦力激盪大富翁

▶活動人數：

10 人為佳。

▶活動道具：

大富翁遊戲一套（後附參考範例）、籤兩支（一支代表走一步；一支代表停在原地）、代表兩組的旗幟。

▶活動流程：

1. 全班學生分成兩組競賽。
2. 兩組派代表以猜拳決定順序。
3. 兩組學生依序抽籤，並依所抽到的步數移動位置。
4. 學生挑選空格中的一題作回答。全隊先一起唸出題目，並填入適當答案。答對者可停留在原地，答錯者必須後退一格。
5. 最快走完一圈的隊伍即為獲勝隊伍。

▶備註：

1. 大富翁範例詳參下一頁。可視情況放大於海報紙上。
2. 若遊戲時間長，教師可視情況增加遊戲格數。

起點 ➡	1. 這個東西□我很有用。 2. 他□我說他明天不能來。	1. 我還不會□中文寫信。 2. 父母□孩子買了很多書。	機會 ？
1. 那輛車你是□多少錢買的？ 2. 你會□毛筆寫字嗎？ 1. 不要□別人說這件事。 2. 到了台北請打電話□我。 1. 誰寫信□妳？ 2. 中國人都會□筷子吃飯嗎？ 1. 這件事他□我說過了。 2. 我常常□他買東西。	機會 ？ 命運 ！		1. 我□陳老師學中文。 2. 我還不會□中文寫文章。 1. 這□我來說太簡單了！ 2. 我不能□你寫作業。 1. 請你□我向他問好。 2. 我不喜歡□他去旅行。 1. 我不會□筷子吃飯。 2. 我□弟弟買了一雙鞋子。
命運 ！	1. 請你□我開門。 2. 你的中文是□誰學的？	1. 我買了晚餐□你。 2. 中文□你難不難？	暫停一次

◎機會與命運卡——

機會1：

前進一格

機會2：

請對手利用「替、用」各造一個句子。

（答錯後退一格）

機會3：

請對手利用「跟、給」各造一個句子。

（答錯後退一格）

機會4：

抽一張命運

機會5：

請對手利用「對」造一個句子。

（答錯後退一格）

機會6：

對手倒退一格

命運1：

後退兩格

命運2：

請用「給」造一個句子。

（答錯後退一格）

命運3：

請用「對」造一個句子。

（答錯後退一格）

命運4：

請用「跟」造一個句子。

（答錯後退一格）

命運5：

請用「用」造一個句子。

（答錯後退一格）

命運6：

請用「替」造一個句子。

（答錯後退一格）

☼活動二：介詞比一比

▶活動人數：

4 至 5 人為佳。

▶活動道具：

「跟」、「給」、「替」、「用」、「對」的字卡（每個字的字卡各 3 張，15 張字卡為一份，一組一份）、以「跟」、「給」、「替」、「用」、「對」設計填空題的海報（兩組不重複，以各 10 句為佳，共計 20 句）。

▶活動流程：

1. 教師將黑板分成兩部分，一組一邊，各有不同的「跟」、「給」、「替」、「用」、「對」填空題十題。
2. 在兩組桌上各放置「跟」、「給」、「替」、「用」、「對」的字卡。
3. 兩組輪流派人選一張字卡，並找尋可配對的句子，限定每人只能回答一題，並在五分鐘內完成。
4. 五分鐘後，老師公佈正確答案並更正錯誤。
5. 答對最多句子的隊伍即為獲勝隊伍。
6. 最後再請全班一起唸出 20 個完整句子。

▶備註：

1. 每題的答案可能不只一個，例如：「誰□妳寫信？」答案可能為「替」也可能為「給」，只要學生所完成的句子合乎語法與邏輯，即可視為正確。
2. 填空題海報範例見下頁。

1.我不會用毛筆寫字。

2.他沒對我說什麼。（／跟）

3.你生病了，不能去見他，我替你去吧。

4.這是誰給你買的？（／替）

5.這件事我跟他說過了。

6.我不能替你寫作業。

7.父母給孩子買了很多書。（／替）

8.那部相機你是用多少錢買的？

9.這件事對我很重要。

10.我能跟你借張紙嗎?

1.你想給他買什麼生日禮物？

2.我還不會用中文寫信。

3.我生病了，請你替我向老師請假。

4.他跟我說他喜歡你。

5.那個人對我很客氣。

6.我想跟你去吃飯，可以嗎？

7.媽媽給我們做了很多菜。（／替）

8.中文對我來說一點都不難。

9.你能替我買晚餐回來嗎？

10.用筷子吃飯真難。

七、連詞

16　表示選擇關係的連詞：還是、或者、或是

▶語法點簡介：

「還是」、「或者」、「或是」用於帶有選擇成分的句型。

◎公式

肯定式

		選擇一	或者／或是	選擇二
1	週末我會	去游泳	或是	去打籃球。
2	今年暑假我會	去日本	或者	去韓國。

疑問式

	選擇一	還是	選擇二
你是	老師	還是	學生？

◎注意事項：

1. 「或是」、「或者」多用於「肯定式」。
2. 「還是」多用在「疑問式」。

☼活動一：猜水果

▶活動人數：

10 至 15 人為佳。

▶活動道具：

水果字卡（謎底）數張。

▶活動流程：

1. 將全班學生分為 A、B 兩組。
2. 先由 A 組推派一位學生上台，老師給台上學生看一張水果的字卡（謎底）。
3. 台下兩組的學生對台上推派代表提問，每個謎題都必須至少使用三次以上「它是＿＿＿，還是＿＿＿？」的句型提問，才能開始猜答案。
4. 台上代表只能根據台下學生的提問回答「它是 <u>（特徵）</u> 的。」
5. 當台下學生猜答案時，要使用「它是 <u>（水果名）</u> 嗎？」的句型來回答。
6. 最快猜出答案的組別可得一分。
7. 猜出答案後，換 B 組派代表上台抽謎題。猜出謎題後，換 A 組派代表上台（如步驟 2），繼續進行遊戲。
8. 分數最高者即為優勝隊伍。

▶備註：

活動範例——
台下組員：「它是圓的還是長的？」
代表學生：「它是圓的。」
台下組員：「它是硬的還是軟的？」
代表學生：「它是硬的。」
台下組員：「它是紅色的還是黃色的？」
代表學生：「它是紅色的。」
台下組員：「它是蘋果嗎？」
代表學生：「它是蘋果。」

☼活動二：賓果遊戲

▶活動人數：

10 至 15 人為佳。

▶活動道具：

九宮格的賓果紙數張、袋子、「還是」、「或者」、「或是」的字卡。

▶活動流程：

1.將全班學生以 3 至 5 人分為若干小組。

2.老師發給各組一張九宮格的賓果紙，每一格內都有一個句子。

3.學生先將每一個句子用選擇關係的連詞（「還是」、「或者」、「或是」）做句型替換。

4.老師準備一個袋子，袋中裝著「還是」、「或者」、「或是」的字卡，學生做完句型替換後，老師從袋中抽出字卡，開始玩賓果遊戲。

5.若老師抽出的連詞與學生格子內句子的連詞相同，便可劃記，最快連成一線，並且句型替換皆正確的組為優勝隊伍。

6.活動結束後，全班一起唸各組句型替換後的句子。

▶備註：

下頁有兩張九宮格賓果紙的範例，供教師參考。

畢業以後，繼續升學也可以，出社會工作也可以。

→

_____

_____。

這次暑假，我去美國也行，去英國也行。

→

_____

_____。

夜市小吃和餐廳的料理，你喜歡吃哪一種？

→

_____

_____。

麵食和飯食，你喜歡哪一種？

→

_____

_____。

下個月我要出差，不是去中國，就是去日本。

→

_____

_____。

我的家離學校不遠，可以走路去，也可以騎腳踏車去。

→

_____

_____。

天文台跟動物園，哪裡比較好玩？

→

_____

_____。

我覺得去美術館也好，去故宮也好，你覺得呢？

→

_____

_____。

我決定下學期不是學法文就是學西班牙文。

→

_____

_____。

小說和散文，你比較喜歡哪一種？ → _____ _____。	廣東菜和四川菜，你想吃哪一個？ → _____ _____。	陳家的小孩，不是學音樂就是學繪畫。 → _____ _____。
週末假期，在家休息也好，出外走走也好。 → _____ _____。	今年寒假，去日本泡溫泉也行，去美國滑雪也行。 → _____ _____。	平時下課，我有的時候去打籃球，有的時候去圖書館看書。 → _____ _____。
商店離這裡不遠，走路去也行，騎腳踏車去也行。 → _____ _____。	他的休閒活動，不是游泳就是打籃球。 → _____ _____。	我認為去淡水好，去九份也好，你們覺得呢？ → _____ _____。

17　再說……

▶語法點簡介：

「再說」在句中起連接作用，用來引出新的理由或解釋，使上文已經說明的原因或理由更充分，更具說服力。

	例句
1	你別走了，天已經晚了，再說我們要說的事還沒說完呢。
2	你不應該嫁給他，他太窮了，再說他對你也不好。
3	我不想學開車，開車很危險，再說搭捷運比開車方便多了。

◎注意事項：

「再說」必須有上下文才能使用，不能單獨用在句首。

☼活動一：角色扮演

▶活動人數：

6 至 12 人為佳。

▶活動道具：

三個語法點情境。（見備註）

▶活動流程：

1. 將學生分為 3 組。
2. 教師分配給各組一個語法點情境。
3. 計時十分鐘，讓各組學生在時間內完成情境操練中的句子，並排演練習。老師可從旁給予各組協助，順便改正錯誤的地方。
4. 十分鐘後，各組上台表演。

▶備註：

三個語法點情境見下頁。

洗衣服

小茹：你為什麼沒洗衣服？

小鍾：因為洗衣機壞了，再說＿＿＿＿＿＿＿＿＿＿＿＿＿＿

（情景：洗衣機壞了，而且小鍾十點鐘還要開會。）

小茹：藉口這麼多，每次都要我幫你洗衣服。

小鍾：謝謝你答應幫我洗衣服！晚上你要煮什麼東西給我吃？

小茹：你不知道我生氣了嗎？再說＿＿＿＿＿＿＿＿＿＿＿

（情景：小茹生氣了，而且小茹晚上還有約會。）

小鍾：不要生氣，晚上的約會我可以參加嗎？

小茹：＿＿＿＿＿＿＿＿＿＿＿＿＿＿＿＿＿＿＿＿＿＿＿

（情景：小茹拒絕小鍾參加約會的要求，並且不幫小鍾洗衣服了。）

【請用「……，再說……」造句】

看電影

小茹：你為什麼不看完那部電影呢？

小鍾：那部電影太長，再說＿＿＿＿＿＿＿＿＿＿＿＿＿＿＿＿＿＿＿

（情景：電影時間太長，而且電影的內容又很無聊。）

小茹：那現在我們去逛街好嗎？

小鍾：不好，我不喜歡逛街，再說＿＿＿＿＿＿＿＿＿＿＿＿＿＿＿

（情景：小鍾不喜歡逛街，而且小鍾覺得一直走路很累。）

小鍾：你不是很想去泡溫泉嗎？我們去泡溫泉吧！

小茹：＿＿＿＿＿＿＿＿＿＿＿＿＿＿＿＿＿＿＿＿＿＿＿＿＿＿

（情景：天氣很熱，而且小茹的生理期（menses）剛好來了。）

【請用「……，再說……」造句】

出差

小鍾：你什麼時候要考試？

小茹：最近我的功課太多，再說＿＿＿＿＿＿＿＿＿＿＿＿＿，所以我想之後再考。那你呢？

（情景：小茹最近功課太多，而且考 TOEIC 的費用很貴。）

小鍾：我英文太差，再說＿＿＿＿＿＿＿＿＿＿＿＿＿＿＿，所以還不會去考試。

（情景：小鍾英文太差，而且公司最近要派他去大陸出差。）

小茹：出差？什麼時候的事？你怎麼現在才跟我說？

小鍾：＿＿＿＿＿＿＿＿＿＿＿＿＿＿＿＿＿＿＿＿＿＿＿＿＿＿

（情景：小鍾剛剛才知道出差的消息，而且小鍾還在考慮。）

【請用「……，再說……」造句】

八、助詞

18 結構助詞：「的」、「地」、「得」

►語法點簡介：

「的」、「地」、「得」皆為結構助詞，區別如下：

1.「的」——定語的標誌，構成「的」字短語修飾名詞。

2.「地」——狀語的標誌，構成「地」字短語修飾動詞。

3.「得」——補語的標誌，連接表示程度或結果的補語。

◎公式

公式一

	定語＋的	名詞	例句
1	爸爸的	西裝	爸爸的西裝很好看。
2	我的	書	我的書不見了。
3	漂亮的	女孩兒	你妹妹是個漂亮的女孩兒。
4	小張買的	衣服	小張買的衣服不太好看。

公式二

	狀語＋地	動詞	例句
1	慢慢地	走	老師慢慢地走進教室來。
2	很快地	跑	孩子們很快地跑了出去。

公式三

	動詞／形容詞	得	補語	例句
1	跑	得	很快	她跑得很快。
2	熱	得	很	今天天氣熱得很。
3	高興	得	跳了起來	小李聽說明天不考試了， 他高興得跳了起來。

◎注意事項：

1.「的」前面可以加上名詞（公式一例1）、代詞（公式一例2）、形容詞（公式一例3）、動詞（公式一例4）構成定語，但不能接副詞。

2.「地」前面可以加上形容詞（公式二例1）、副詞（公式二例2）構成狀語，但不能接名詞或代名詞。

3.「得」前面可以加上動詞（公式三例1）、形容詞（公式三例2），後面可以接形容詞（公式三例1）、副詞（公式三例2）、動詞短語（公式三例3）等構成補語。

4.「的」還有另一種用法：動詞、形容詞作主語或賓語，前面又有定語時，應該用「的」做標記。如：「他的到來給大家帶來了希望。」、「他吃不了這樣的苦」（彭小川等，2005），此種用法在此暫不列入教學。

◎參考文獻：

彭小川等（2005），《對外漢語教學語法釋疑201例》，頁215－216。北京：商務印書館。

☼活動一：舉牌搶答

▶活動人數：

10 至 20 人為佳。

▶活動道具：

「的」、「地」、「得」舉牌兩份，一組一份，如下圖所示：

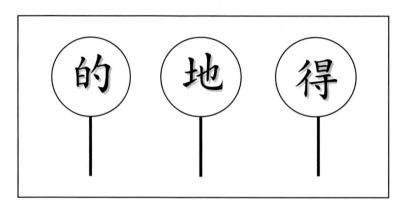

▶活動流程：

1. 將全班學生分成兩組。
2. 每組輪流派代表進行搶答。
3. 教師在前方出示題目（範例詳參備註），請兩組代表進行搶答，先將牌舉起並說出完整句子的人即得一分。若兩隊代表皆無法在五至十秒內說出正確答案，則換下一道題目。
4. 若題目的空格不止一格，以先舉起第一格正確答案的人優先回答。回答時必須按照填空的順序舉牌。
5. 直到教師手中的題目搶答完畢，遊戲即終止。
6. 統計兩隊分數，較高分的一方即為優勝隊伍。
7. 若兩隊分數相同，可進行 PK 延長賽，題目由教師另外出題。
8. 最後，由教師帶全班學生複誦每個完整句子。

▶備註：

題目範例參考如下：（□內為正確答案）

1. 你家 的 電視真大！
2. 他走 得 很快，大家都跟不上。
3. 他慢慢 地 走出去。

4.這漂亮[的]衣服是誰給你買的？

5.今天天氣熱[得]很！

6.爸爸買[的]西瓜很好吃。

7.我說[的]話是真的。

8.小弟弟跌倒了，大聲[地]哭了出來。

9.你[的]漢語說[得]很好。

10.他[的]電視比這部電視好[得]多。

11.他很快[地]說了出來。

12.你應該好好[地]想想這個問題。

13.上課了，他急忙[地]跑進教室。

14.寒冷[的]冬天到了，大家都穿上了大衣。

15.他高興[地]點了點頭。

16.孩子們都玩[得]很高興。

17.我小聲[地]問：「是誰啊？」

18.今天[的]天氣冷[得]很，要多穿一點兒！

19.他[的]漢字寫[得]比我好。

20.小明吃驚[地]問：「這是你畫[的]畫兒嗎？畫[得]很漂亮！」

19　語氣助詞「了」

▶語法點簡介：

語氣助詞「了」用於句尾，強調事物的程度、性質、狀態或主觀意願發生變化。

◎注意事項：（歸納自劉月華等，2001）

1.以下列舉語氣助詞「了」的幾種常用用法：
（1）表示事情從未發生到發生，例如：
「上課了。」、「下雨了。」、「隊伍出發了。」
（2）表示動作由未完成到完成，例如：
「你的信我看過了。」、「作業寫完了。」
（3）表示動作進行到停止，例如：
「火車停了。」、「他一來，大家都不說話了。」
（4）表示事物的性質、狀態發生了變化，例如：
「蘋果熟了。」、「他病了。」、「天黑了。」
（5）表示意願或能力發生變化，例如：
「他又想去了。」、「他能看懂中文電影了。」
（6）表示數量變化，例如：
「我們八年沒見面了。」、「他三天沒回家了。」、「九號了。」
（7）表示命令、祇使、勸阻，例如：
「走了，走了！」、「別吵了！」、「好了好了，大家不要說了！」
2.說話者用語氣助詞「了」常有特別的目的，例如引起注意、提醒、勸告、建議、引出問題、評論，有特別的針對性。例如：「天黑了，別出去了。」（勸告）
3.語氣助詞「了」有篇章的作用，若一個句子結束了，但話題不變，中間就不宜用語氣助詞「了」。
例如：「＊昨天早上我起床以後吃早飯了。然後去圖書館了。走進圖書館就去找書了。找到要借的書，就去櫃台借了……」（這段文字中的「了」破壞了句子的連慣性。）
4.在「太」作狀語的感嘆句中，句末要用「了」。例如：「太好了！」
5.「（7）表示命令、祇使、勸阻」在此暫不列入討論與練習，其他用法可在本活動中自由運用。

◎參考文獻：

劉月華等（2001），《實用現代漢語語法》（增訂本），頁 379－385。北京：商務印書館。

☀活動一：你問我答

▶活動人數：

5 人以上為佳。

▶活動道具：

無。

▶活動流程：

1.4 至 5 人圍成一個圓圈，以「先拍手再拍大腿」的節奏來搭配造句的進行。

2.第一個人利用語氣助詞「了」的句型造句，接著再提問，例如：「我吃飽了，那你呢？」第二個人回答：「我也吃飽了。」然後再問一個問題，例如：「他怎麼了？」下一個人再接著回答，例如：「他病了！」並接著問一問題，例如：「昨天你去哪兒了？」，依此類推……。

3.整個過程中，每個人都要邊打節奏邊回答，以維持節拍。

☀活動二：即興造句

▶活動人數：

5 人以上為佳。

▶活動道具：

「指定」、「造句」、「不必造句」的字卡，每種各三張。

▶活動流程：

1.學生 5 人為一組，每人輪流抽一張字卡進行活動。

2.活動流程範例如下：

20 動態助詞「了」

▶語法點簡介：

動態助詞「了」用來表示動作行為的發生和狀態的出現。

◎公式

公式一

	主語	（狀語）	動詞	了	數量詞	賓語
1	我	開心地	吃	了	一碗	麵。
2	他		病	了	一個多	月。

公式二

	主語	（狀語）	動詞	來／去	了	數量詞	賓語
1	他們		送	來	了	三本	書。
2	媽媽	細心地	寄	去	了	一些	乾糧。

◎注意事項：（歸納自劉月華等，2001）

1. 動態助詞「了」還有疑問的用法，例如：「你買了書沒有？」
2. 動態助詞「了」可以表示動作已結束，也可以表示動作的持續，句子後面的「時間狀語」或「時量補語」為主要依據，例如：「這本書我看了三天了。」（表動作仍持續尚未結束）、「他的臉紅了一陣子。」（表動作已結束）。
3. 結束性的動詞加「了」即表示動作發生並結束，例如：「死」、「破」、「拋棄」等等。
4. 不表示變化的動詞不能加「了」，例如：「希望」、「屬於」、「需要」等等。
5. 公式二：「主語＋（狀語）＋動詞＋來／去＋了＋數量詞＋賓語」在此暫不列入討論與練習。

◎參考文獻：

劉月華等（2001），《實用現代漢語語法》（增訂本），頁362－366。北京：商務印書館。

☼活動一：排列組合

▶活動人數：

10 人為佳。

▶活動道具：

無。

▶活動流程：

1.將學生分成兩組。
2.優先完成下列題目者即為優勝隊伍。

將下列格子中的字，組成一個有意義的句子。

我	兩	鉛
了	枝	天
昨	筆	買

（答：我昨天買了兩枝鉛筆。）

姊	兩	天
澡	洗	次
了	姊	今

（答：姊姊今天洗了兩次澡。）

三	封	室
信	他	寫
在	教	了

_____ 。

（答：他在教室寫了三封信。）

他	打	三
給	電	了
我	次	話

_____ 。

（答：他打了三次電話給我。）

一	碗	麵
了	我	心
吃	開	地

_____ 。

（答：我開心地吃了一碗麵。）

☼活動二：句子改正

▶活動人數：

10 人為佳。

▶活動道具：

圖片數組（兩張圖片為一組）。

▶活動流程：

初級活動

1. 將學生分為兩組。

2. 教師預先準備多組圖片（每一組有兩幅圖片），活動進行時，用 Power Point 放映出圖片，兩幅圖片中間以箭頭註明其先後順序，老師運用語法點，說出一個句子。

3. 學生根據圖片內容，判斷這個句子的意義和語法是否正確，若正確則將兩手放在頭上劃圈，全班一起複誦老師的句子，複誦完後，繼續看第二組圖片；若句子有誤則手在胸前劃叉。

4. 老師視哪一組學生發現錯誤的人較多，則該組學生可以優先糾正老師錯誤的句子（若人數相同可視判斷速度的快慢決定）。

5. 若糾正正確，可得一分，全班一起複誦正確的句子。

6. 得分最高者即為優勝隊伍。

例圖：

例句如下：

老師的錯誤句子：「我去運動場打了籃球，就去書店買書。」

學生改正後的句子：「我去書店買了書，就去運動場打籃球。」

進階活動

句型轉換：

這個活動所需要準備的東西與上一個活動相同，此活動是讓學生運用語法點，對老師說的句子套用動態助詞「了」的句型作替換。

範例如下：

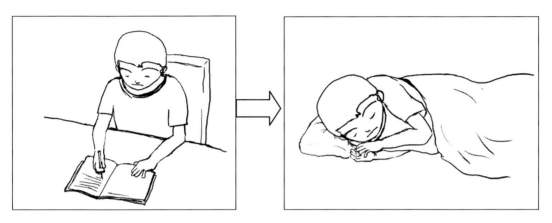

老師：「弟弟先寫功課，然後去睡覺。」

學生：「弟弟寫了功課，再去睡覺。」

21　動態助詞：「著」

▶語法點簡介：

由動態助詞「著」所構成的句型「主語＋動詞＋著＋賓語」用於表達動作的持續進行；句型「主語＋動詞1＋著＋動詞2」則表示動作進行的方式或狀態。

◎公式

公式一

	主語	動詞	著	賓語
1	哥哥	喝	著	咖啡。
2	我們	等	著	你呢！
3	她	穿	著	一件漂亮的裙子。

公式二

	主語	動詞1	著	動詞2
1	老師	站	著	上課。
2	學生	坐	著	聽課。
3	他們	笑	著	聊天。

◎注意事項：（歸納自彭小川等，2005）

1. 公式二中動詞1是動詞2（主要的動作）的方式或狀態，即表示一種伴隨的動作。

   例如：「老師站著上課」——

   動詞2——「上課」是主要動作。

   動詞1＋著——「站著」是上課的方式或狀態，是伴隨的動作。

2. 「著」表示「持續」，例如「他笑著點頭」是指他一邊笑一邊點頭，也就是說，他在點頭的過程中一直是笑的。

   如下圖所示：

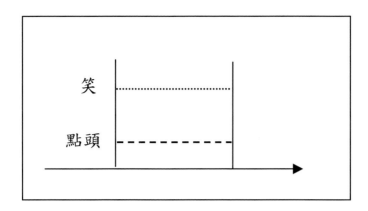

若是下面這種情況，我們不能說「他笑著點頭」：

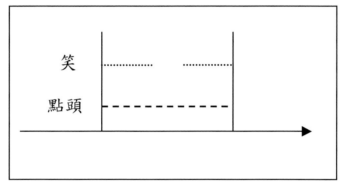

若是下面這種情況，我們可以說「他笑了笑，然後點了點頭」，表示他先笑了一下，然後再點頭。

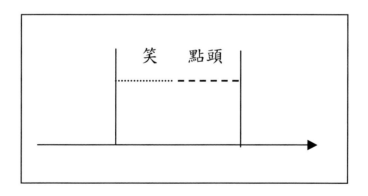

3.「動詞＋著」≠「正在＋動詞」，「動詞＋著」≠英語的「V＋ing」。

（1）「動詞＋著」表示「持續」，具有兩種情況：

①表示動作行為或情況處於持續狀態，例如：「我手中拿著一杯水」，並不強調動作正在進行，而是強調「拿」這個動作在持續著，沒有結束。

②表示動作行為結束後所產生的狀態在持續著，例如：「他穿著一套運動服」，「穿」這個動作已經結束了，而「運動服穿在他身上」這種狀態在持續著。

（2）「正在＋動詞」與英語的「V＋ing」皆表示動作正在進行，如「他正在跳舞」、「He is dancing.」

◎參考文獻：

彭小川等（2005），《對外漢語教學語法釋疑 201 例》，頁 226－229。北京：商務印書館。

☀活動一：故事插畫

▶活動人數：

10 人為佳。

▶活動道具：

白紙、圖卡（搭配語法點「著」組成的文章，範例見備註）、磁鐵。

▶活動流程：

1. 發給每位學生一張白紙，請學生將等一下聽到的文章內容畫在白紙上，並可在圖案的附近使用漢語拼音標註筆記。
2. 老師將文章唸三次，語速變化為「正常→慢→正常」。
3. 請每位學生輪流說出自己圖中的內容，老師協助學生利用完整的句子來表達。（若為大班級則可抽點幾位學生輪流發言，直到文章內容幾乎都敘述出來為止。）
4. 老師最後再重新唸一次文章，一邊唸文章一邊將圖卡配合自己的敘述逐一貼在白板上，並請全班學生跟著老師練習說出完整的句子。

▶備註：

1. 老師可依照授課情形自定語法點「著」組成的文章內容。
2. 語法點「著」的文章內容參考範例：

> 小莉今天請我去她家玩。我到小莉家，看到小莉的爸爸坐著看報紙，媽媽站著掃地。他們看到我來了，都笑著說：「歡迎！」。之後，我們一起到客廳聊天，大家說著話，喝著咖啡，聊得很高興。

3.圖卡範例：

小莉的爸爸坐著看報紙

媽媽站著掃地

他們看到我來了，都笑著說：「歡迎！」

大家說著話，喝著咖啡，聊得很高興。

22 動態助詞：「過」

▶語法點簡介：

用來表示已經經歷過的事。

◎公式

肯定式一

	主語	動詞	過	賓語	（了）
1	我	去	過	長城。	
2	媽媽	洗	過	澡	了。

肯定式二（賓語提前）

	賓語	主語	動詞	過	（了）
1	那首歌	他	唱	過	了。
2	台灣	你	去	過。	

否定式一

	主語	沒	動詞	過	賓語
1	他	沒	學	過	法文。

否定式二（賓語提前）

	賓語	主語	沒	動詞	過
1	這本書	我	沒	看	過。

疑問式一

	主語	動詞	過	賓語	（了）	嗎
1	你	吃	過	包子	（了）	嗎？
2	他	看	過	小說	（了）	嗎？

疑問式二

	主語	沒	動詞	過	賓語	嗎
1	你	沒	聽	過	這個故事	嗎？
2	小明	沒	打	過	籃球	嗎？
3	他	沒	掃	過	地	嗎？

疑問式三（賓語提前）

	賓語	主語	動詞	過	（了）	嗎
1	這本書	他	看	過	（了）	嗎？
2	那首歌	你	唱	過	（了）	嗎？

疑問式四（賓語提前）

	賓語	主語	沒	動詞	過	嗎？
1	台灣	他	沒	去	過	嗎？
2	餃子	你	沒	吃	過	嗎？

◎注意事項：

否定式句尾不能加「了」。

◎參考文獻：

楊寄洲（1999），《對外漢語教學初級階段語法大綱》，收錄於《對外漢語教學初級階段教學大綱》，頁98。北京：北京語言文化大學出版社。

☀活動一：造句問答

▶活動人數：

10 至 20 為佳。

▶活動道具：

白紙。

▶活動流程：

1. 老師將全班學生分成兩組。
2. 發給全班學生每人 5 張紙，請學生在紙上寫下 5 種動作，例如：「看電影」、「跳舞」、「吃麵」、「彈鋼琴」、「打球」，並在每一張紙上簽下自己的名字。
3. 老師將兩組學生的紙分開收回。
4. 老師將兩組的紙互相交換，發回給兩組。
5. 每位學生手上仍持有 5 張紙。
6. 兩組各推派一位學生出來猜拳，由勝方開始進行活動。
7. 由勝方的第一位學生選出手中的一張紙，並依照紙張的內容以疑問式發問。
8. 詳例如下：

紙張內容——

看電影

　　　　王小春

學生問：王小春看過電影嗎？

9. 若提問的句子正確，則得一分，若句子錯誤，老師必須立即糾正，並將提問權交給另一方。
10. 王小春必須回答：「我看過電影。」若王小春的回答有誤，老師必須立即糾正，對方即得一分。
11. 回答完問題的學生（王小春）從手中的五張紙中擇一發問。
12. 回答的方式以肯定式和否定式交錯回答，例如：第一次使用肯定式，第二次使用否定式，依此類推。
13. 得分較高的一方，即為優勝隊伍。

23 語氣助詞：而已

▶語法點簡介：

「而已」用於陳述句句末，往往有把事情弱化的意味。前面常接「不過」、「只」、「只是」、「無非」、「僅僅」等詞，語調低降。

◎公式

	陳述句	而已
1	我不過是一個小職員	而已。
2	她只有一百元	而已。
3	他無非是想貪點小便宜	而已。

活動一：語法點導入

▶活動人數：

10 至 15 人為佳。

▶活動道具：

一百元、鉛筆、書、外套……等可用來練習語法點的東西。

▶活動流程：

語法點導入——

1. 教師：（面向全體學生，拿出一張壹百元鈔票）「如果你現在身上只有一百塊，你會怎麼說？」
2. 學生：「我有一百塊」／「我只有一百塊」／「一百塊是我的」……。（可能的情況）
3. 教師：「因為你只有一百塊，沒有多餘的錢，所以這時候可以在句子最後面加上『而已』，試試看。」
   （引導學生說出下列句子）
4. 學生：「我只有一百塊而已（沒有錢了）」。
5. 教師繼續利用其他課堂資源導引學生反覆練習，例如：書本、外套、鉛筆……等。例句：「他只有三本書而已」、「我只有這件外套而已」、「我只買了一枝鉛筆而已」。

貳、句子成分

一、補語

一、補語

24 　動作經歷時間：動詞＋時量補語

▶語法點簡介：

漢語裡有一些動詞表示瞬間結束的動作，如：死、丟、斷、畢業、發生、結婚、離開……等，這些動作的時間不可持續，這類動詞加上時量補語則表示動作發生和結束後到某一時點（如：說話時）所經歷的時間。（楊寄洲，1999）

例：哥哥大學畢業已經兩年了。

◎公式

	主語	（已經）	動詞	時間補語
1	我	已經	畢業	三年了。
2	他	已經	離開	八天了。
3	王太太	已經	結婚	六個月了。

◎注意事項

此句型中常常搭配「已經」來表示事情的完成。

◎參考文獻：

楊寄洲（1999），《對外漢語教學初級階段語法大綱》，收錄於《對外漢語教學初級階段教學大綱》，頁80。北京：北京語言文化大學出版社。

☼活動一：句子組合

▶活動人數：

　10 人為佳。

▶活動道具：

　字卡數張。

▶活動流程：

1.將學生分為兩組。
2.字卡分成兩疊：一疊是動詞，例如：「結婚」、「畢業」、「出國」……等；一疊是時間補語，例如：「一年」、「兩個月」、「三個禮拜」……等。
3.老師分別從兩疊字卡中各抽出一張，兩組必須用「主語＋（已經）＋動詞＋時間補語」的句型來搶答。
4.造出最多正確句子的組別即為優勝隊伍。
5.最後請全班將所有活動中造出的正確句子複習一次。

▶備註：

1.字卡數量可依活動時間長短做增減。
2.字卡可有多種組合，並無制式答案。
3.字卡範例如下：
　句子的組合範例——
　「小王已經結婚兩年了。」
　「他已經畢業一個月了。」
　「姊姊已經離開兩個星期了。」

動詞字卡	時間補語字卡
結婚	半年
畢業	兩個星期
離開	四天
去世	一個月
發生	兩年
出國	三個禮拜

25 結果補語

▶語法點簡介：

結果補語表示動作或變化所產生的結果，當敘述動作的經過產生（或即將產生）變化，而得到某種具體的結果，這時就應該使用結果補語。使用結果補語時，把動作行為的結果直接放在謂語動詞後面。如：

我學游泳　　→　　　我學 會 了游泳。

（動作行為）　　　　（表示動作行為的結果）

	例句
1	佩佩昨天見到了你弟弟。
2	醫生把病人救活了。
3	這些新詞她記住了。
4	他們躺在床上就睡著了。

◎注意事項：（歸納自劉月華等，2001）

1. 只有形容詞和動詞可以作結果補語。一般常用的形容詞皆可作為結果補語，而能作結果補語的動詞較少，主要有：「到」、「見」、「著」、「跑」、「住」、「掉」、「完」、「光」、「倒」、「懂」、「會」、「成」、「走」等等。

2. 結果補語表示的意義可以分成以下兩種：

（1）表示通過一個動作使人或事物發生改變，或者又發生另一個動作，例如：「醫生把病人救活了。」

（2）只說明動作，沒有「使動」的意思。例如：「你看完這本書了嗎？」

3. 否定結果補語時，要把「沒」放在謂語動詞（或形容詞）之前，表示沒有取得某種結果。例如：「我沒看見。」

4. 幾種結果補語的分辨：

（1）「見」：

通常接在「看」、「聽」、「遇」、「夢」、「碰」之後，表示動作有結果，例如：「我看見她了。」

（2）「住」：

表示通過動作使人或事物的位置固定，例如：「媽媽握住我的手」。

（3）「著」（zháo）：

①表示動作達到了目的，例如：「這個謎語我沒猜著」。

②用在某些動詞或形容詞後，表示動作或某種情況對人或事物產生了不良後果，例如：「餓著」、「嚇著」、「累著」。

③表示入睡，例如：「弟弟不小心睡著了。」

④表示燃燒，例如：「他點著了火柴。」

⑤表示應該、有資格、有責任。例如：「這不關你的事，你管不著！」

（4）「到」：

①表示動作達到了目的，與「著」意思相同。例如：「我找到了那隻筆。」

②表示動作持續到某一個時間，賓語一定是表示時間的詞語，例句：「昨天我們聊到半夜才睡」。

③表示事情、狀態發展變化所達到的程度。例如：「事情已經發展到這個地步了。」

（5）「好」：

表示動作完成而且達到完善的地步。例如：「我把行李都收好了。」

（6）「在」：

表示通過動作使人或事物處於某個處所，後面接處所賓語。例如：「她站在我的前面」。

5.結果補語的否定形式、結果補語後接「了」、「著」、「過」的其他特殊用法以及結果補語後接賓語等，在此不多加贅述。

◎參考文獻：

劉月華等（2001），《實用現代漢語語法》（增訂本），頁 534－535、542－544。北京：商務印書館。

☀活動一：配對練習

▶活動人數：

10 至 15 人為佳。

▶活動道具：

結果補語填空題目、結果補語字卡。（詳見備註）

▶活動流程：

1.將全班學生分為若干小組。
2.老師發給每組學生一張題目和一個袋子，袋子中有幾個結果補語字卡，讓學生搭配到句子中。例如：「他看□了一隻貓」（可填入結果補語「見」或「到」等）。
3.最快完成排序者即為優勝隊伍。

▶備註：

1.題目範例參照如下：

題目	參考答案
他看□了一隻貓。	「見」或「到」
我找□一把鑰匙。	「到」
他賣□所有的水果。	「光」或「完」
你看□這本雜誌了嗎？	「完」或「過」
我聽□了他的話。	「懂」或「見」
我記□了他的名字。	「住」
今天上課我來□了。	「晚」或「早」
上禮拜，我學□了溜冰。	「會」
那件衣服買□了。	「大」或「貴」
小心一點，別累□了。	「著」或「壞」
我緊緊握□他的手。	「住」
這篇文章寫□了。	「好」或「完」
他把生詞抄□課本上。	「在」
我送□他一本書。	「給」
他把車子弄□了。	「壞」或「髒」或「乾淨」

醫生把病人救□了。	「活」
他最近變□了。	「瘦」或「胖」
他的衣服濕□了。	「透」
對不起，我不小心睡□了。	「著」
我昨天寫作業寫□半夜才寫□。	「到」；「完」

2.結果補語字卡範例如下：

小	大	壞	好	透	完	著
到	早	晚	活	死	胖	瘦
髒	乾淨	貴	會	見	光	
過	懂	住	在	給	走	成
倒	跑	住	哭	笑	掉	翻

26 評論或說明：程度補語（得很／得不得了／極了）

▶語法點簡介：

程度補語用來評論、判斷、描述已經發生或是正在發生的動作或事件。

◎公式

主語	形容詞	得很／得不得了／極了
我	飽	得很。
冬天	冷	得不得了。
媽媽	美	極了。

◎注意事項

程度補語「得很／得不得了／極了」都有表示程度高的意思。

◎參考文獻：

楊寄洲（1999），《對外漢語教學初級階段語法大綱》，收錄於《對外漢語教學初級階段教學大綱》，頁100。北京：北京語言文化大學出版社。

☼活動一：猜謎遊戲

▶活動人數：

20 人以內為佳。

▶活動道具：

程度補語句型謎底數題。

▶活動流程：

1. 老師事先準備若干謎底，可依照時間和人數調整數量。
2. 將學生分成兩隊進行比賽。
3. 兩隊輪流派人上台，上台者可以用手比或是說出相關的字句（但不能說出謎底句子裡的字或詞），讓其他組員猜出完整的目的句（必須套用句型）。
4. 活動進行範例：
（1）公式一：
　　「謎底——我跑得很快」
　　上台者可以指著自己，讓隊友猜出「我」，上台者再比出跑步的動作，讓隊友猜出「跑」，再說「慢的相反」而隊友猜出「快」。隊友必須分辨句子適合套用公式一或者公式二（以此謎底為範例，因為「跑」是動詞，所以套用公式一），接著隊友必須套用句型說出完整句子——「我跑得很快」。
（2）公式二：（必須套用三種句型）
　　「謎底——台北的夏天熱得不得了」
　　上台者可以說：「台灣的首都」，隊友猜出「台北」，上台者再提示：「除了春、秋、冬的那個季節」，隊友再猜出：「夏天」，上台者用手比出很熱的狀態（搧風的樣子），讓隊友猜出「熱」，但因為「熱」是形容詞而非動詞，所以套用公式二，最後隊友必須完整說出「台北的夏天熱得很」、「台北的夏天熱得不得了」、「台北的夏天熱極了」三種句型，即可得一分。
5. 限時內得分最多者即為優勝隊伍。

▶備註：

學生猜句子之前必須先判斷詞性，若主語後為形容詞則要使用公式二；如果是動詞就要套用公式一，教師可在活動進行前先做說明。

參、重要句型

一、是字句

27　介紹與說明：是

▶語法點簡介：

1. 例如：「我是學生。」
2. 說明時間。例如：「我的生日是 10 月 10 號。」
3. 說明處所。例如：「（指著地圖）A：那是什麼地方？B：那是台灣。」
4. 說明或介紹國籍與籍貫。例如：「我是美國人。」

◎公式

肯定式

主語	動詞	名詞／名詞短語
他	是	老師。

否定式

主語	副詞	動詞	名詞／名詞短語
馬大為	不	是	老師。

疑問式

主語	動詞	名詞／名詞短語	疑問詞
她	是	學生	嗎？

◎注意事項：

以下活動一練習的是介紹、說明自己或他人的身分；活動二練習的則是說明或介紹國籍與籍貫；活動三練習說明身分、國籍、生日……等。

◎參考文獻：

楊寄洲（1999），《對外漢語教學初級階段語法大綱》，收錄於《對外漢語教學初級階段教學大綱》，頁100。北京：北京語言文化大學出版社。

☀活動一：姓名列車

▶活動人數：

5 至 6 人為佳（大班教學可分組進行）。

▶活動道具：

無。

▶活動流程：

初級活動

1. 將學生依人數比例分為若干組，利用「是」字句的「肯定式」來進行遊戲。
2. 第一回合，先讓學生熟悉活動方式與節奏（邊拍手邊進行遊戲），使用較簡單的句子。第一個人只需介紹自己的名字；第二個人需複誦前一人的名字，並且再介紹自己的名字；第三人則需依序複誦第一人及第二人的名字，再介紹自己的名字，依此類推。

例如：

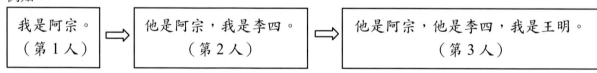

| 我是阿宗。（第1人） | → | 他是阿宗，我是李四。（第2人） | → | 他是阿宗，他是李四，我是王明。（第3人） |

進階活動

1. 依上述進行一至二回，讓學生熟悉遊戲後，可加長句子，增加遊戲難度。
2. 先表達「我是○○（名字）」後，再加一個句子：可以表示性別、身分......等，學生可自由發揮。

例如：

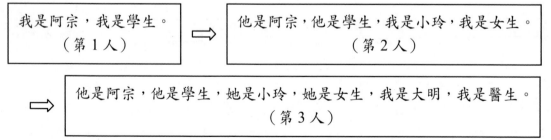

| 我是阿宗，我是學生。（第1人） | → | 他是阿宗，他是學生，我是小玲，我是女生。（第2人） |

→ 他是阿宗，他是學生，她是小玲，她是女生，我是大明，我是醫生。（第3人）

▶備註：

1. 此活動可自由變換句子內容。教師需特別注意學生的句子正確與否。
2. 活動可依學生程度增加難度。

☼活動二：環遊世界

▶活動人數：

5 人為佳。

▶活動道具：

各國國旗（以課程內容所教授的國家為主，5 個國家以上為佳），每人使用一份道具（5 個國家的國旗為一份道具）。

▶活動流程：

初級活動

1. 教師分配每位學生一份道具。
2. 請學生跟著教師的節拍打拍子，一邊打拍子一邊進行遊戲，拍子不要停下。
3. 遊戲從老師開始，說出自己的國籍，並且詢問某一學生是哪國人，例：「我是中國人，凱文是哪國人？」
4. 被詢問者隨機舉起一個國家的旗子，以「是字句」的「肯定式」表達國籍，例：「我是美國人。」並繼續挑出下一個人詢問國籍。例：「瑪莉是哪國人？」
5. 以上循環配合節拍，並適時加快速度，至學生皆能表達流利後，可繼續進行以下進階活動。
6. 拖延拍子或舉的旗子與說出的國家相異，視為失誤。失誤累積 3 次則失敗並退出遊戲，最後留下的一人即為獲勝者。

進階活動

除了上述的肯定式「A 是 (國籍) 人」、疑問式「A 是哪國人？」之外，再混合加上否定式「A 不是 (國籍) 人」、疑問式「A 是 (國籍) 人＋嗎？」於遊戲中練習。

例：「我是義大利人，傑森是美國人嗎？」傑森回答：「我不是美國人，我是英國人。」表達國籍時也配合所舉的國旗來回答。

☼活動三：猜猜我的秘密

▶活動人數：

5 人為佳。

▶活動道具：

無。

▶活動流程：

1. 全班圍成一個圈圈並且牽手，向右邊移動並隨遊戲節奏擺手。老師隨機選一個人（例如小花，蹲在圈圈的中間），並且規定謎底（如小花的身分、生日、國籍……等）。

2. 由老師先問，例如：「小花（可代換學生的名字）是學生嗎？」若答案不正確，小花必須回答：「不是學生你猜是什麼？」（小花回答時必須站起來），接著由學生輪流提問：「小花是老師嗎？」依此類推，直到猜出正確答案，扮演謎底的學生站起來回答：「小花是 xx」，即完成一個回合。

3. 遊戲流程依上述類推，可將生日、國籍代入句型中。例如：「問：『大頭生日是幾月？』答：『不是五月你猜是幾月？』」「問：『小英是哪國人？』答：『不是台灣人你猜是哪裡人？』」

▶備註

教師可依照學生的年齡來調整配合的動作，對幼童可增加較活潑的動作，例如：跺腳並且加快速度；大人則可用拍手取代牽手。

二、是……的句

28 表示強調的方法：是……的

▶語法點簡介：

聚焦於某一事物發生的時間、地點、方式、事情的起源、功用、屬性……等。

◎公式

	主語	是	表示時間、地點、方式、事情的起源、功用、屬性等詞語	（動詞）	的
1	他們	是	去年	來	的。
2	我們	是	從不同國家	來	的。
3	我	是	搭公車	來	的。
4	我	是	聽朋友	說	的。
5	蕃茄醬	是	調味	用	的。
6	這本書	是	新		的。

◎注意事項：

1.「是」置於強調事物的前方；「的」通常置於句尾。
2.「是……的」句型常用於強調事情發生的時間（例句1）、地點（例句2）、方式（例句3、4）、事情的起源（例句4）、功用或目的（例句5）……等。
3.「是……的」的用法有一前提，即說話者與聽話者都知道已發生了一件事，當說話者與聽話者想進一步強調事情發生的時間、地點、方式、目的等時就可使用。

◎參考文獻：

劉月華等（2001），《實用現代漢語語法》（增訂本），頁762–764。北京：商務印書館。

☀活動一：猜猜看

▶活動人數：

10 人以內為佳。

▶活動道具：

字卡數張。（詳見備註）

▶活動流程：

1. 將學生分為兩組競賽。
2. 每組派出一個代表到台上，老師給這兩位學生看一張相同的字卡，兩位學生須用「它是……的」的句型形容此物。
3. 台下學生根據台上學生的描述猜出謎底為何。（活動例句參照備註）
4. 猜出謎底的組別，即得一分。
5. 謎底被猜出後，即換下一位學生到台前當代表。
6. 得分較高的一組即為優勝隊伍。

▶備註：

1. 在猜題前，老師必須向台下學生說明謎底的屬性為何。例如：水果、文具、日常用品……等。
2. 老師務必讓每一位學生都有上台當代表的機會。
3. 活動範例－

```
柳丁
```

老師提示：「這樣東西是一種『水果』。」
台上學生：「它是圓的。」
台上學生：「它是黃色的。」
台上學生：「它是甜的。」
台下學生：「它是柳丁。」→得分

4.字卡範例：

蛋	蕃茄
橡皮擦	尺
奇異果	南瓜
鉛筆	香蕉
西瓜	葡萄

三、有字句

29 關係的表達：有

▶語法點簡介：

主要表示擁有、存在。

◎公式

肯定式

	主語	有	賓語
1	我	有	書。
2	桌上	有	筆。

否定式

	主語	沒有	賓語
1	我	沒有	書。
2	桌上	沒有	筆。

疑問式一

	主語	有	賓語	嗎？
1	你	有	書	嗎？
2	桌上	有	筆	嗎？

疑問式二

	主語	有沒有	賓語？
1	你	有沒有	照片？
2	你家	有沒有	小狗？

◎注意事項：

1.「有」的否定形式是在「有」之前加上「沒」（「有」之前不能加上「不」，例如：「＊我不有書」是錯誤的）。

2.「有」字句的主語若為人物，主要表示「擁有」（參照肯定式例句1）；主語若為處所，則表示「存在」（參照肯定式例句2）。

3.活動設計以「疑問式一」為主，老師可視情況代換成疑問式二加以練習。

4.其他用法如表示「出現、發生」、「包括」、「達到」……等在此不列入討論。

◎參考文獻：

楊寄洲（1999），《對外漢語教學初級階段語法大綱》，收錄於《對外漢語教學初級階段教學大綱》，頁30。北京：北京語言文化大學出版社。

☼活動一：地點猜猜看

▶活動人數：

20 人以內為佳。

▶活動道具：

一套有 10 張不同地點的字卡（一組一套）、10 個地點列表（一組一張）。

▶活動流程：

1. 將學生分成兩組進行比賽，每組輪流派人上台接受詢問，上台者抽一張地點字卡作為謎底。
2. 同組的學生輪流使用「有」的「疑問式」來提問，例如「那裡有桌子嗎？」、「那裡有黑板嗎？」、「那裡有洗手檯嗎？」
3. 被詢問者依情況使用「有」的「肯定式」或「否定式」給予回答，例如：「這裡有桌子。」或是「這裡沒有桌子。」
4. 同組的學生必須詢問三個問題以上，才可嘗試猜出謎底（讓學生多次練習句型）。當謎底猜出之後，則換同組的下一個人上台接受詢問。
5. 最快將 10 個地點猜完的組別即為獲勝隊伍。
6. 遊戲結束後，教師可利用字卡帶領全班再次複習。

▶備註：

1. 在活動進行前先讓學生學習 10 個字卡上的地點。
2. 10 個地點的字卡範例如下頁所示。

餐廳	客廳
商店	游泳池
浴室	學校
公園	臥房
廚房	體育場

☼活動二：計時聯想

▶活動人數：

10 人以內為佳。

▶活動道具：

一個計時器。

▶活動流程：

1. 老師先設定一個地點，例如：廁所、臥房、教室、動物園、餐廳……等。
2. 計時三十秒，由某學生開始傳計時器，並運用「有」的「肯定式」造句，說出設定地點有什麼東西（舉例來說，若設定地點為動物園，則學生可造「動物園有大象」等句子）。
3. 第一位學生造完句子後，即可將計時器傳給下一個人，下一位學生繼續造句，依此類推。
4. 三十秒後計時器響起，計時器停留在誰的手上即失敗一次。在過程中若有人造不出句子也為失敗一次。
5. 每三十秒之後，老師更換設定的地點，繼續進行遊戲，依此類推。
6. 學生熟悉了「有」的「肯定式」之後，老師可練習「有」的「否定式」，學生必須造出設定地點所沒有的東西（例如：設定地點為教室，學生可造「教室沒有洗手檯」等句子。）
7. 最後失敗次數累計最多者（或最快達三次者）可視情況對其提出要求。（例如：唱一首華語歌）

▶備註：

老師可視情況加長或縮短計時器的限定時間。

四、把字句

30 表達請求、命令、願望：把（1）

▶語法點簡介：

「把」字句強調動作、行為對「把」的賓語如何安排或安排的結果。

◎公式

	（主語）	把	賓語	動詞	其他成分
1		把	書	打	開。
2	我	把	作業	寫	完了。
3	他	把	杯子	打	破了。

◎注意事項：

1. 「把」字句的賓語是已知的、確切指出的或可意會的。

2. 「把1」（語法點30）為祈使句用法，主語可省略。（參照公式例句1）

   「把2」（語法點31），主語不能省略。（參照公式例句2、3）

3. 「把」的第三種用法是：使某物發生位移或改變狀態。施事者通過動作（動詞）改變了「把」的賓語
   位置或狀態。句式為：「主語（施事）+把+名詞1（受事）+動詞+名詞2」例如：「他把杯子放在桌上。」
   此種用法在此暫不列入討論與練習。

4. 「把」字句與「被」字句的差別：「把」字後面接的是受影響的人或物（賓語）；「被」字後接的是動
   作者（發出影響者）。

   例句：我把他罵了一頓。

   　　　他被我罵了一頓。

◎參考文獻：

楊寄洲（1999），《對外漢語教學初級階段語法大綱》，收錄於《對外漢語教學初級階段教學大綱》，頁
110－111。北京：北京語言文化大學出版社。

☀活動一：猜職業

▶活動人數：

20 至 30 人為佳。

▶活動道具：

題目字卡（以職業或人物為主，如：老師、醫生、警察、老闆、媽媽、司機、教練、護士……）、計時器。

▶活動流程：

1. 將全班學生分組，5 至 6 個人為一組。
2. 老師將所有謎底寫在黑板上。
3. 老師帶著全班學生將黑板的謎底唸一次，確定學生皆了解其意。
4. 各組選出 1 個人上台猜題，老師把謎底告訴台下的學生，各組的謎底不一樣，上台的學生不知道此回合的謎底，必須依據其他學生口中的線索猜出答案。
5. 台下學生開始造句，句子必須是謎底人物可能會說的「把字句」。例如：「把課本打開、」→老師；「把身分證拿出來」→警察。
6. 第一回合由 A 組、B 組、C 組……依組別順序說出第一個句子，若各組負責猜題的同學知道答案就可以立即舉手回答。
7. 若第一回合沒有學生猜對，即進行第二回合，到有學生猜出答案便可終止遊戲。
8. 最後，所有學生必須把之前造出的句子寫在黑板上，老師帶著全班學生唸一次，並適時糾正句子錯誤。

▶備註：

老師可多寫幾種職業或人物作為謎底，讓學生猜題的難度增加。

31　表達動作行為的目的：「把」（2）

▶語法點簡介：

　　請參照語法點 30（把 1）。

☀活動一：句子排列

▶活動人數：

10 人以內為佳。

▶活動道具：

字卡（範例見活動流程）、袋子。

▶活動流程：

初級活動

1.將全班學生分為若干組。

2.老師發給每組學生一個袋子，袋中的字卡可以組合成三個完整的句子。

3.學生必須依照正確的語序排出這三個句子，最快完成排序即為優勝隊伍。

進階活動

1.將全班學生分為若干組。

2.老師發給每組學生一個袋子。

3.袋中的字卡，不一定能組合成完整、正確的句子，有時需要和別組交換，才能組合成語法、語義皆正確的句子，最快完成排序者即為優勝隊伍。

範例參照如下：

（1）爸爸 把 椅子 修好了 （2）我 把 杯子 打破了

（3）媽媽 把 菜 煮好了 （4）醫生 把 病 治好了

（5）老師 把 作業 改好了 （6）弟弟 把 課文 背熟了

▶備註：

某些句子的主詞可以自由變換，「我把杯子打破了」，也可代換成「弟弟把杯子打破了」；但有些則有特定限制，像是「醫生」之後必須接「把病治好了」，不能接「把作業改好了」，教師在學生進行活動時需要特別留意。

五、被字句

32 被動意義的表達：被

▶語法點簡介：

主要用來說明某人、某事物受到某動作的影響而產生某種結果，常常對受事者或說話者來說是不愉快、受損害或失去東西等情況。

◎公式

	主語	（狀語）	被	（賓語）	動詞	其他成分
1	水		被		打	翻了。
2	我	剛才	被	他	撞	到了。

◎注意事項：

1.「被」字句的主語是受事者。

2.「被」字句的賓語為施事者，有時可以省略。

3. 動詞謂語後可帶「其他成分」說明動作的結果或影響。

4.「被」前可以帶狀語，也可以省略。

5.否定式是在「被」前加否定副詞「沒」。例如：「桌上的東西沒被人動過。」、「我的手沒被開水燙傷。」

6.「被」字句另有表示中性或褒義的用法，在此暫不列入討論。

◎參考文獻：

劉月華等（2001），《實用現代漢語語法》（增訂本），頁 754。北京：商務印書館。

楊寄洲（1999），《對外漢語教學初級階段語法大綱》，收錄於《對外漢語教學初級階段教學大綱》，頁 112－113。北京：北京語言文化大學出版社。

☼活動一：火線救援

►活動人數：

6 至 10 人為佳。

►活動道具：

圖卡兩套（範例見備註）

►活動流程：

1.將學生分為兩組，一組發一套圖卡。

2.兩組輪流派人出牌，每次出牌時，對方必須用句型說出與己方圖卡圖案相關的句子。

   例如：A 隊──出牌（窗戶圖卡）；B 隊──「窗戶被打破了。」

3.若無法造出句子時，可以舉手向老師求助，一人只有一次求助機會。

4.若求助機會用完又造不出句子時，遊戲即終止，對方則為優勝隊伍。

►備註：

1.圖卡一套以 10 張以上的不同圖卡為佳，教師可視活動時間長短增減數量。

2.圖卡範例如下：

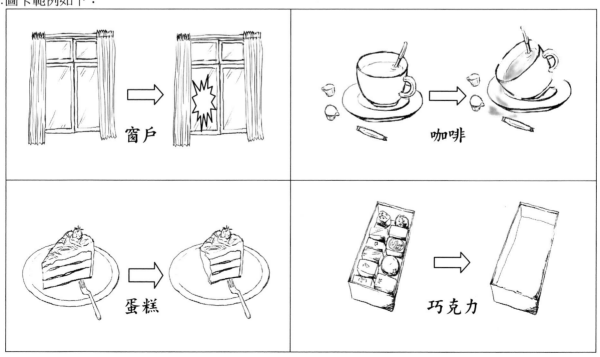

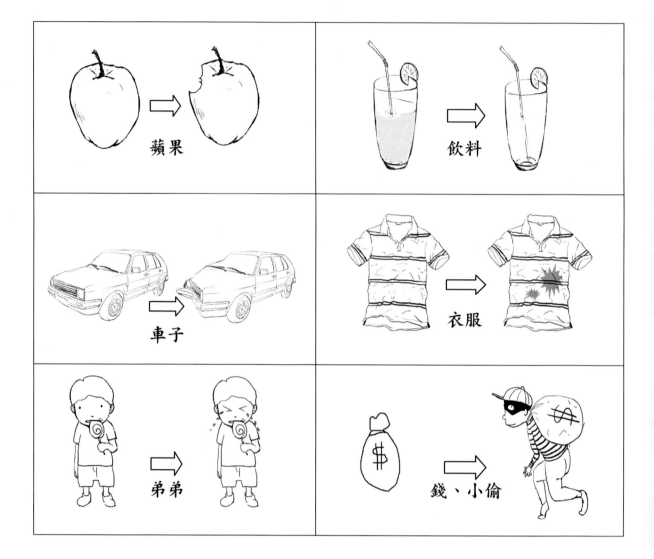

☀活動二：配對遊戲

▶活動人數：

5 至 10 人為佳。

▶活動道具：

圖卡，共有 24 種（包含動物、植物、食物），每種重複 5 次，數量共有 120 張（老師可自行影印）。

▶活動流程：

1. 教師將 120 張圖卡堆成一疊，放置在桌上。
2. 每位學生輪流從一疊圖卡中隨機抽取 2 張（配對情況詳見第 4 點說明），當學生抽到可配對造句的圖卡時，必須先大聲喊「抓到！」，並根據圖卡的食物鏈關係，利用句型造句。
3. 若抽到的兩張圖卡不符合食物鏈關係（例如馬跟雞），學生可得到這 2 張圖卡，並再隨機抽出 2 張圖卡練習。
4. 圖卡配對情形有三種：
   （1）動物＋食物／植物
   　　　例如：抽到香蕉和猴子
   　　　學生說：「抓到！香蕉被猴子吃掉了。」→正確。
   　　　學生說：「抓到！猴子被香蕉吃掉了。」→錯誤。
   （2）動物＋動物
   　　　例如：抽到獅子跟馬
   　　　學生說：「抓到！馬被獅子吃掉了。」→正確。
   　　　學生說：「抓到！獅子被馬吃掉了。」→錯誤。
   （3）食物／植物＋食物／植物
   　　　例如：抽到香蕉跟乳酪
   　　①情況一 ──學生選擇造句→錯誤。
   　　②情況二 ──學生選擇不造句，則可得到這兩張圖卡，並再重新抽圖卡造句。
5. 造句正確則可得到這兩張圖卡，並換下一人抽牌；造句錯誤則無法得到圖卡（將圖卡放回圖卡疊內），由老師公佈正確答案，並換下一位學生抽牌。
6. 贏得最多圖卡即為優勝者。

▶備註：

1. 老師必須先教導學生認識圖卡中動物、植物、食物的單字。

2.24 種圖卡範例如下：

小鳥

蟲

魚

蝦子

老虎

雞

豹

長頸鹿

牛

草

獅子

鹿

猴子

香蕉

人

豬

老鼠

乳酪

狼　　　　羊

兔子　　　紅蘿蔔

貓　　　　馬

六、比較句

33 比較事物、性狀的同異：A 跟 B 一樣／不一樣

▶語法點簡介：

「A 跟 B 一樣」是指兩種事情或物品是相同的，或者是相似的。

「A 跟 B 不一樣」則是表示兩種事情或物品是不同的。

◎公式

	主語	跟	賓語	一樣／不一樣	（形容詞／動詞謂語）
1	這張畫	跟	那張畫	一樣。	
2	我爸爸	跟	我媽媽	一樣	喜歡中國菜。
3	這件褲子	跟	那件褲子	不一樣	長。

◎注意事項：

1. 減低相似度的表達方式，是在「一樣」前面加程度副詞（如：不太、不怎麼……等）。例如：「這枝筆跟那枝筆不太一樣。」

2. 在「A 跟 B 一樣＋形容詞／動詞」的句型中，作為比較方面的形容詞，一般來說，多是正向形容詞，如：「高」、「長」、「寬」、「厚」、「大」、「多」等，含有「高度」、「長度」、「寬度」、「厚度」、「容積」、「面積」、「數量」等意思。但如果要特別指明特性是「矮」、「短」、「窄」、「薄」、「小」、「少」等時，也可以用這類負向的形容詞。（劉月華等，2001）

◎參考文獻：

劉月華等（2001），《實用現代漢語語法》（增訂本），頁 834。北京：商務印書館。

☼活動一：一起來找碴

▶活動人數：

5 至 10 人為佳。

▶活動道具：

PowerPoint（兩張內容相似的圖片，範例見備註）。

▶活動流程：

1. 將學生分成兩隊。
2. 老師將兩張內容相似的圖片投影呈現。
3. 兩隊以搶答的方式，用句型「A 跟 B 一樣／不一樣」說出圖片的異同，例如：老師：「看看這兩張圖有什麼地方相同？有什麼地方不同？」學生可能回答：「左邊的顏色跟右邊（的顏色）不一樣。」「左邊的跟右邊的一樣大。」發現越多且表達無誤的隊伍即為優勝隊伍。

▶備註：

圖例參考如下：

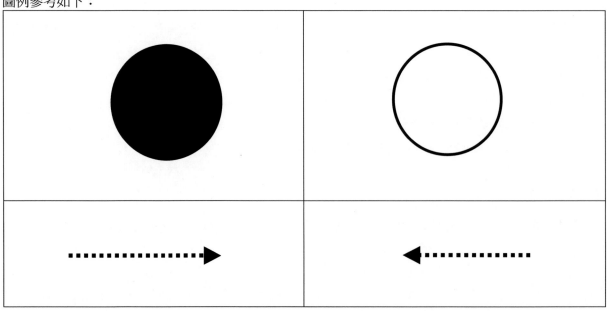

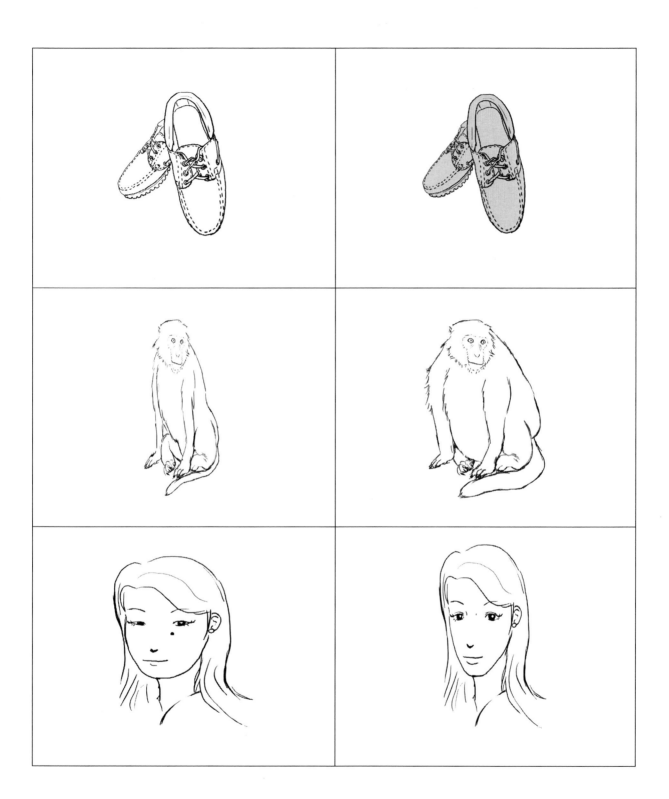

☀活動二：賓果遊戲

▶活動人數：

5 至 10 人為佳。

▶活動道具：

「○○○的小檔案」賓果圖。

▶活動流程：

1. 請學生填寫「○○○的小檔案」賓果圖。
2. 每個學生輪流說出一個格子裡的內容。
3. 若自己說的內容與班上的某位同學相同，即可立刻舉手搶答，以「一樣」的句型說出完整句子，句子正確無誤即可在賓果紙上做記號。
4. 最先連成一條線者即為優勝。
5. 賓果圖範例：

_____的小檔案				
性別：	年齡：	星座：	血型：	國籍：
身高：	體重：	生日：	職業：	家裡的人數：
宗教：	偶像：	興趣：	專長：	最喜歡的運動：
最喜歡的顏色：	最喜歡的動物：	最喜歡的食物：	最喜歡的飲料：	最喜歡的季節：
最討厭的顏色：	最討厭的動物：	最討厭的食物：	最討厭的飲料：	最討厭的季節：

活動例句──

愛咪：「我的興趣是唱歌。」

Ａ學生舉手說出完整句子：「我的興趣跟愛咪一樣，我跟她都喜歡唱歌。」

▶備註：

1.此活動不能同時進行「一樣」、「不一樣」兩個語法點。

2.練習語法點「不一樣」的活動例句如下：

　傑克：「我是美國人。」

　Ａ學生：「傑克的國籍跟我不一樣，他是美國人，我是英國人。」

3.練習「不一樣」的語法點時，賓果連線數必須增多（以五條為佳），以避免遊戲過快結束。

4.老師也可參與遊戲。

5.賓果格數可依照時間長短做調整。

34 比較：比、最

▶語法點簡介：

表示 A 和 B 在性質或程度上的差別。

◎公式

	A	比	B	謂語（動詞短語）（形容詞短語+數量補語／得多／一點兒）
1	我的頭髮	比	她的頭髮	長（得多）。
2	門	比	佩佩	高（一點兒）。
3	你的體重	比	他的體重	還要輕（十公斤）。
4	我	比	你	愛她。

◎注意事項：

1. 謂語部分表示比較的結果，可由形容詞（短語）、動詞（短語）等充當，後面能帶補語補充說明（參照公式例句 1、2、3）。
2. 拿來比較的 A 和 B 是同類的詞。
3. 謂語前可以用副詞「更」、「還」、「還要」表示程度更進一層。（參照公式例句 3）
4. 否定形式是「A 沒有 B……」，例如：「今天沒有昨天冷。」（「A 不比 B……」的句義是「A 跟 B 差不多」。）

◎參考文獻：

劉月華等（2001），《實用現代漢語語法》（增訂本），頁 837－846。北京：商務印書館。

楊寄洲（1999），《對外漢語教學初級階段語法大綱》，收錄於《對外漢語教學初級階段教學大綱》，頁 88－89。北京：北京語言文化大學出版社。

☼活動一：一分鐘大比較

▶活動人數：

10 人以內為佳。

▶活動道具：

無。

▶活動流程：

1. 將學生分成兩隊，兩隊每次派出一人為代表，兩個代表面對面進行活動（每隊學生皆須輪流上台）。
2. 教師計時一分鐘，兩位代表以猜拳來搶答，每次須舉出五點自己與對方不同之處，此為一回合。
3. 說出的句子必須套用公式，例如：「你的頭髮比我的（頭髮）長」。
4. 兩方代表所說的句子，五句皆為正確的話，則各得一分，若有誤則不算分。
5. 得分最多的即為優勝隊伍。

☼活動二：超級比一比

▶活動人數：

20 人以內為佳。

▶活動道具：

比字句的謎底數題。

▶活動流程：

1.將學生分成兩隊，輪流派人上台。
2.被推派者需要依照教師給的謎底，以「比手畫腳」的方式，讓隊友猜出目的句。
3.其句型為：「A＋比＋B＋差別＋數量補語／得多／一點兒」，例如：「門比佩佩高 50 公分」。
4.被推派者可以用手比門，指著佩佩，手指往上比，再比出 50 的數字，隊友需要完整地回答出：「門比佩佩高 50 公分」才算得分，兩隊得分較多者即為勝利隊伍。

☼活動三：快問快答排一排

▶活動人數：

20 人以內為佳。

▶活動道具：

圖卡（詳見備註）、提示句紙條（範例見活動流程、備註）。

▶活動流程：

1.將學生分成兩隊，並發下圖卡。

2.兩隊輪流推派一人，負責唸老師提供的提示句。

3.兩隊隊友按照自己隊上的推派者唸出的目的句敘述，將各張圖卡分別排成與目的句相同的句子，最後說出以「最」做比較的句子。

   提示句範例：

   「佩佩比小琪矮，莉莉比小琪高，小明比佩佩矮，大寶比莉莉高，小明比阿丹高。」所以從高到矮的圖卡排列順序是「大寶→莉莉→小琪→佩佩→小明→阿丹」隊友排完圖卡後，一起說出：「大寶最高，阿丹最矮」。較快完成的隊伍可得一分。

4.教師可依時間長短決定比較事物種類的多寡（參考詳見備註）。

5.累計分數最多的隊伍即為獲勝者。

▶備註：

1.活動流程（比較高矮）圖卡範例：

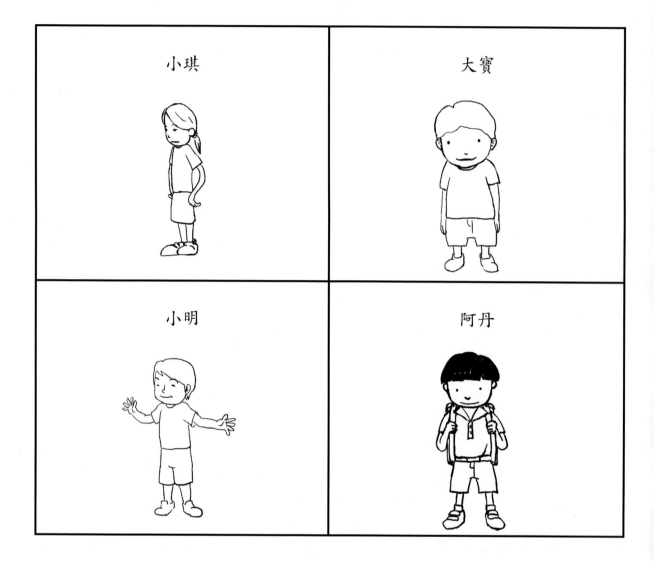

2.比較的內容不一定是高矮，也可以是胖瘦、長短（頭髮等）、大小（水果、球類、動物等）……等。

3.【比較「水果」大小】範例

　提示句範例：

　　「西瓜比哈密瓜大，蘋果比梨子小但比桃子大，柳丁比蕃茄小但比檸檬大，哈密瓜比梨子大，桃子比蕃茄大，檸檬比櫻桃大。」依序排列水果的大小是：「西瓜＞哈密瓜＞梨子＞蘋果＞桃子＞蕃茄＞柳丁＞檸檬＞櫻桃」，隊友排完圖卡順序之後必須說出：「西瓜最大，櫻桃最小」。

哈密瓜	櫻桃
梨子	桃子
蕃茄	柳丁
檸檬	

七、其他句型

35 描述事物的性質、狀態、特點：形容詞謂語句

▶語法點簡介：

主要描述或評論事物的性質、情況、狀態和特點。

◎公式

肯定式

主語	副詞	形容詞
他的年紀	很	小。

否定式

主語	不	形容詞
妹妹的身高	不	高。

疑問式

主語	形容詞	嗎？
爸爸的眼睛	大	嗎？

◎注意事項：

1. 漢語的形容詞可直接做為謂語，前面不用「是」或其他動詞（劉月華等，2001），例如不能寫成「＊他是很高」。

2. 在陳述句中，形容詞前面一般要用表示程度的副詞「很」、「非常」、「比較」、「十分」等。（楊寄洲，1999）

3. 此類句型如果形容詞前沒有副詞，那麼句子必須內含「比較的語意」。例如：「我忙，他不忙。」

◎參考文獻：

劉月華等（2001），《實用現代漢語語法》（增訂本），頁 660－661。北京：商務印書館。

楊寄洲（1999），《對外漢語教學初級階段語法大綱》，收錄於《對外漢語教學初級階段教學大綱》，頁 35－36。北京：北京語言文化大學出版社。

☼活動一：小畫家就是你

▶活動人數：

偶數人數即可，兩人一組 。

▶活動道具：

紙、筆。

▶活動流程：

1. 兩人各畫一張圖畫。
2. 分別欣賞對方的作品一分鐘。
3. 相互交換，作畫者用形容詞謂語句的「疑問式」詢問對方畫中描繪的性質、情況、狀態和特點。例如：「這個女孩很美嗎？」、「這部車大嗎？」、「這本書怎麼樣？」
4. 回答者可選用「肯定式」或「否定式」回答，例如：「這個女孩很美。」、「這部車不大。」、「這本書很厚。」
5. 兩人相互練習至活動結束。

☀活動二：猜猜他是誰

▶活動人數：

5 人以上為佳。

▶活動道具：

無。

▶活動流程：

初級活動

1.選出一位學生上台當代表，請他以班上的某位同學為謎底。

2.台下猜謎的學生依序使用「疑問式」來詢問與人的特徵相關的問題，台上代表必須使用「肯定式」或「否定式」回答。例如：「問：『他的頭髮長嗎？』答：『他的頭髮不長。』或『他的頭髮很長。』」

3.先猜出謎底的人即為優勝者。

進階活動

謎底可隨課堂教學內容做代換，如水果、節日、國家……等皆可。

36 正反問句

►語法點簡介：

正反問句是以謂語的肯定形式和否定形式並列起來提問，使用該句型是對所問的情況完全不知，希望別人給予肯定或否定的回答。（楊寄洲，1999）

◎公式

	主語	動詞／形容詞	不	動詞／形容詞	賓語
1	你	忙	不	忙？	
2	妳們	認識	不	認識	他？
3	力波	是	不	是	中國人？

◎注意事項：

「很」不能用在「正反問句」的謂語（動詞／形容詞）前，例如：「她高興不高興？」不能被寫成「＊他很高興不很高興？」。

◎參考文獻：

楊寄洲（1999），《對外漢語教學初級階段語法大綱》，收錄於《對外漢語教學初級階段教學大綱》，頁49。北京：北京語言文化大學出版社。

☀活動一：猜猜是什麼

▶活動人數：

10 人以上為佳，分成兩組競賽。

▶活動道具：

食物字卡（範例見備註）。

▶活動流程：

1.兩組各選出一個代表站至台前，老師讓這位學生看題目字卡。

2.兩隊的隊員輪流以正反問句開始問台上的隊友，例如：「這個食物甜不甜？」

3.兩隊各提出 10 個問題後必須說出答案。

4.猜出答案的那一隊即為獲勝隊伍。

▶備註：

食物字卡範例：

草莓	巧克力	鳳梨
檸檬	大蒜	辣椒
薑	蜂蜜	蛋糕

☀活動二：賓果遊戲

▶活動人數：

10 人以上為佳，重複率較低。

▶活動道具：

白紙、筆。

▶活動流程：

1. 老師先在黑板上寫下 16 種動作（動詞＋名詞）。例如：「喝咖啡」、「吃冰」、「吃辣」、「喝酒」……等。
2. 學生將以上 16 項事物填入自己畫的 4x4 格子內，順序自訂（參照備註）。
3. 全班學生完成後開始尋找同學，提出問句，例如：「你喝不喝咖啡？」若對方以肯定句回答（例如：「我喝咖啡。」）則在該空格做下記號。
4. 先連成兩條線者即為優勝者。

▶備註：

1. 4x4 格子參考範例：

喝咖啡	吃辣	吃冰	喝酒
…	…	…	…
…	…	…	…
…	…	…	…

提問題時，必須使用正反問句句型，例如：

「你喝不喝咖啡？」

「你吃不吃辣？」

「你吃不吃冰？」

「你喝不喝酒？」

2. 格數及連線數可依班級人數做調整，人數越多，格數及連線數可增加。
3. 活動進行時學生會在教室中走動，因此空間必須夠寬敞才不致彼此碰撞。

37　強調否定：一 ＋ 量詞 ＋ 名詞 ＋ 都／也 ＋ 沒有

▶語法點簡介：

用來強調否定，而且是全部否定，有誇張的意味。（楊寄洲，1999）

◎公式

公式一

	主語	一	量詞	名詞	都／也	沒有
1	我家	一	個	人	都	沒有。
2	公園裡	一	隻	狗	也	沒有。
3	杯子裡	一	滴	水	也	沒有。

◎參考文獻：

楊寄洲（1999），《對外漢語教學初級階段語法大綱》，收錄於《對外漢語教學初級階段教學大綱》，頁114。北京：北京語言文化大學出版社。

☼活動一：記憶大考驗

▶活動人數：

8 人以上為佳。

▶活動道具：

圖片一幅、黑板、粉筆。

▶活動流程：

1.在黑板上掛一幅圖，請學生仔細觀察圖片，計時三十秒後即把圖收起來。

2.兩隊各派若干代表上台，計時三十秒，寫出圖片裡沒有的東西。

3.三十秒後，各組的隊員輪流用完整的「強調否定句型」唸出所有句子。例如：「公園裡一隻狗也沒有」。

4.寫出最多圖片裡沒有的東西，並且唸出完整句子的組別即為優勝。

▶備註：

1.圖片的形式不拘，可以是投影或是海報，依課堂資源而定。

2.若是組別人數過多則派 2、3 位代表即可。

3.圖片範例（公園）見下頁。

4.活動例句：

「公園裡一隻狗也沒有。」

「公園裡一隻貓也沒有。」

「公園裡一隻鳥也沒有。」

「公園裡一個人也沒有。」

「公園裡一輛腳踏車也沒有。」

38 變化的表達（1）：越來越＋形容詞

▶語法點簡介：

「越來越＋形容詞」用來表示情況的變化，含有比較的意思。

◎公式

	主語	越來越	形容詞
1	課文	越來越	難。
2	天氣	越來越	冷。
3	學中文的人	越來越	多。

◎注意事項：

1. 教師必須幫助學生釐清語法點 38（越來越＋形容詞）以及語法點 39（越＋動詞＋越＋形容詞）兩種句型在使用上的差異，尤其是表達某種動作的程度變化時，例如：「小明（跑步）跑得越來越快。」→「小明（跑步）越跑越快。」以上括弧部分可視情況省略，例如：「天氣（變得）越來越冷」。

2. 「越來越＋形容詞」以及「越＋動詞＋越＋形容詞」兩種句型本身含有程度高的意思，因此不能再用程度副詞來修飾形容詞。（楊寄洲，1999）下面的說法是錯誤的：

   「＊學中文的人越來越很多。」

   「＊他越跑越更快。」

3. 語法點 39「越＋動詞＋越＋形容詞」的動詞部份常常可用不同的動詞代入，對學生會是語法難點，例如：「房子越蓋越多」、「房子越買越多」、「房子越變越多」……等，教師可視情況教導學生相關的動詞。

◎參考文獻：

楊寄洲（1999），《對外漢語教學初級階段語法大綱》，收錄於《對外漢語教學初級階段教學大綱》，頁 118。北京：北京語言文化大學出版社。

☼活動一：瘋狂迷宮

▶活動人數：

10 人以內為佳。

▶活動道具：

迷宮（範例詳見備註，教師可自行影印放大）、20 題題目的紙條（詳見備註）、旗子（位置的代表物）。

▶活動流程：

1. 老師將 20 題題目的紙條折起來。
2. 全班一起進行遊戲，將代表位置的旗子放在迷宮入口（🚩）。
3. 學生輪流走迷宮。碰到笑臉處請學生抽一張題目，並依照指示使用「越來越＋形容詞」的句型說出答案。學生若答錯，可給予第二次機會，老師可適時給予提示。若學生兩次皆無法造出正確句子，則公佈正確答案，並請全班一起複誦。學生回答完便換下一位學生進行遊戲。
4. 若中途走到死路則有一次回頭的機會。若連續兩次走到死路則必須換下一位學生進行遊戲。
5. 走至終點（🚩）遊戲即告一段落。遊戲結束後，老師帶領學生將遊戲中出現過的句子再複習一次。（若還有時間，可將遊戲中未出現的題目也一併練習。）

▶備註：

1. 20 道題目及參考答案如下。

題目	參考答案
氣溫： 30 度→20 度→10 度	氣溫（變得）越來越冷。
小明： 30 公斤→40 公斤→50 公斤	小明（變得）越來越胖。
水： 4 杯→2 杯	水（變得）越來越少。
小華： 150 公分→160 公分→170 公分	小華（變得／長得）越來越高。

雨： 小→大	雨（下得／變得）越來越大。
他跑步： 慢→快	他（跑步）跑得越來越快。
說漢語： 好→很好→非常好	他漢語說得越來越好。
天氣： 15 度→20 度→25 度	天氣（變得）越來越熱。
小莉： 50 公斤→45 公斤	小莉（變得）越來越瘦。
開車（時速）： 40 公里→60 公里	他開車（開得）越來越快。
書： 5 本→7 本→10 本	書（變得）越來越多。
房子： 30 棟→20 棟→10 棟	房子（變得）越來越少。
同學： 10 人→30 人	同學（變得）越來越多。
時間： 1 小時→30 分鐘→59 秒	時間（變得）越來越少（／短）。
公車上： 10 人→30 人→50 人	公車上的人（變得）越來越多。 （／公車上（變得）越來越擠。）
西瓜： 	西瓜變得越來越少。

氣球：	氣球（變得／飛得）越來越高。
車子：	車子（開得／變得）越來越遠。
房子：	房子（變得／蓋得）越來越高。
隊伍：	隊伍（排得／變得）越來越長。

2.迷宮範例：
【簡易版本】

【簡易版本路徑解答】

【困難版本】

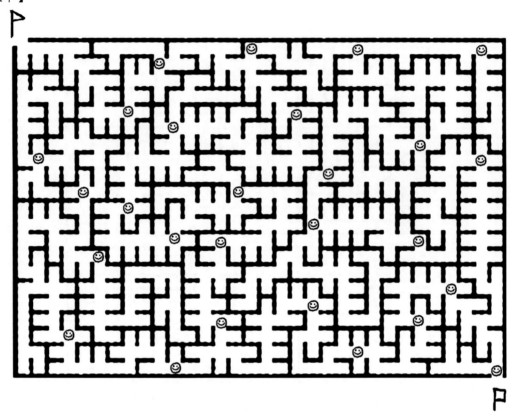

【困難版本路徑解答】

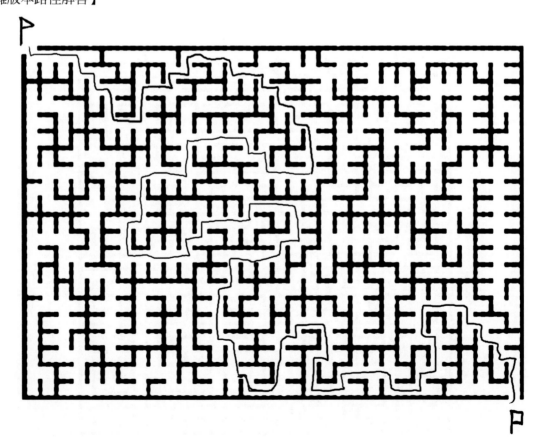

39　變化的表達（2）：越＋動詞＋越＋形容詞

▶語法點簡介：

「越＋動詞＋越＋形容詞」用來表示情況的變化，含有比較的意思。

◎公式

	主語	越	動詞	越	形容詞
1	他	越	跑	越	快。
2	雨	越	下	越	大。
3	她的中文	越	說	越	好。

◎注意事項：

詳見語法點 38。

☀ 活動一：瘋狂迷宮

▶活動人數：

10 人以內為佳。

▶活動道具：

迷宮（範例詳見語法點 38 的備註）、20 題題目的紙條（詳見備註）、旗子（位置的代表物）。

▶活動流程：

請學生使用「越＋動詞＋越＋形容詞」的句型說出答案，活動流程如語法點 38。

▶備註：

20 道題目及參考答案如下：

題目	參考答案
氣溫： 30 度→20 度→10 度	氣溫越變越冷。
小明： 30 公斤→40 公斤→50 公斤	小明越變越胖。
水： 4 杯→2 杯	水越變越少。
小華： 150 公分→160 公分→170 公分	小華越長（／變）越高。
雨： 小→大	雨越下（／變）越大。
他跑步： 慢→快	他（跑步）越跑越快。
說漢語： 好→很好→非常好	他漢語越說越好。

天氣： 15 度→20 度→25 度	天氣越變越熱。
小莉： 50 公斤→45 公斤	小莉越變越瘦。
開車（時速）： 40 公里→60 公里	他開車越開越快。
書： 5 本→7 本→10 本	書越變越多。
房子： 30 棟→20 棟→10 棟	房子越變越少。
同學： 10 人→30 人	同學越變越多。
時間： 1 小時→30 分鐘→59 秒	時間越變越少（／短）。
公車上： 10 人→30 人→50 人	公車上的人越變越多。 （／公車上越變越擠。）
西瓜：	西瓜越變越少。

氣球： （圖）	氣球越飛（／變）越高。
車子： （圖）	車子越開（／變）越遠。
房子： （圖）	房子越蓋（／變）越高。
隊伍： （圖）	隊伍越排（／變）越長。

40 緊縮句：一……就……

▶語法點簡介：

表示動作或情況相繼發生，或表示條件因果關係。（楊寄洲，1999）

◎公式

公式一

	主語	一	動詞／形容詞（詞組）1	就	動詞／形容詞（詞組）2
1	他	一	學	就	會。
2	我	一	下課	就	去圖書館看書。
3	他	一	緊張	就	流汗。
4	你	一	認真讀書	就	進步。

公式二

	主語1	一	動詞（詞組）1	主語2	就	動詞（詞組）2
1	他	一	說	我	就	懂了。
2	你	一	叫	他	就	聽見了。

◎注意事項：

1. 「一……就……」的句子可以共用同一主語（參考公式一），也可以為不同主語（參考公式二）。
2. 「一……就……」的句子如果前後兩個動詞相同，又為同一主語，則表示一個動作發生到某種程度，或有某種結果。例如：「他只要一講就能講兩個小時。」

◎參考文獻：

楊寄洲（1999），《對外漢語教學初級階段語法大綱》，收錄於《對外漢語教學初級階段教學大綱》，頁120。北京：北京語言文化大學出版社。

☀活動一：完成句子

▶活動人數：

10 人為佳。

▶活動道具：

無。

▶活動流程：

1. 全班分成兩組。
2. 老師將「一……就……」句型的題目寫在黑板上供參考。例如：「你一喝咖啡就_____。」（題目範例見備註）
3. 兩組學生經由討論完成句子。
4. 兩組各推派一位學生使用肢體動作表演句子的內容。
5. 兩組互相猜對方的句子內容，並使用「一……就……」的句型回答出完整句子，正確者可得一分。得分較高的一方即為優勝隊伍。

▶備註：

題目範例如下：
1. 你一喝咖啡就_____。（睡不著）
2. 你一起床就_____。（喝水）
3. 你一上車就_____。（暈車）
4. 你一肚子餓就_____。（生氣）
5. 你一聽鬼故事就_____。（害怕）
6. 你一遇到考試就_____。（認真唸書）
7. 你一見到爸爸就_____。（開心）
8. 你一睡著就_____。（打呼）
9. 你一聽到音樂就_____。（跳舞）
10. 你一緊張就_____。（流汗）

41 緊縮句：再（怎麼）……也……

▶語法點簡介：

「再（怎麼）……也……」表示即使主語所指事物的性質比現在更深，情況也不改變。「再」的意義不是表示動作行為的重複，而是表示程度加深。（劉月華等，2001）

◎公式

公式一

	再（怎麼）	形容詞	的	名詞	也	動詞短語
1	再	聰明	的	人	也	會有犯錯的一天。
2	再	美麗	的	明星	也	會變老。

公式二

	主語1	再（怎麼）	形容詞	主語2	也	動詞短語
1	天氣	再	冷	我	也	要出去。
2	她	再	美麗	我	也	不會喜歡她。

公式三

	主語1	再（怎麼）	動詞	（主語2）	也	動詞短語
1	你	再怎麼	等		也	沒用。
2	你	再怎麼	叫	他	也	不會回來了。

◎參考文獻：

劉月華等（2001），《實用現代漢語語法》（增訂本），頁898。北京：商務印書館。

☼活動一：情境造句

▶活動人數：

10 至 20 人為佳。

▶活動道具：

呈現語法點的 PowerPoint，內容請參考活動流程。

▶活動流程：

1. 教師放 PowerPoint，請學生跟著複誦句子，並解釋語法點用法。

再高大的樹，也會被風吹倒！

天氣再冷我也要出去。

你再怎麼打電話，也沒有人接。

2. 全班學生分成兩組，甲組和乙組。

3. 將下列的對話用 PowerPoint 呈現，讓學生用句型完成對話：

（1）甲：我的鑰匙不見了！我找了一整天，還是沒找到。

乙：可能被別人撿走了，＿＿＿＿＿＿＿＿＿＿＿＿＿＿＿＿＿＿＿。

（你再怎麼找也找不到了。）

（2）乙：我今天打電話給他，打了一天都沒打通。怎麼辦呢？

甲：他出國了，＿＿＿＿＿＿＿＿＿＿＿＿＿＿＿＿＿＿＿＿。

（你再怎麼打也沒人接。）

（3）甲：這台二手車那麼貴，要賣五十萬塊，你還想買嗎？

乙：我當然要買，＿＿＿＿＿＿＿＿＿＿＿＿＿＿＿＿＿＿。

（再怎麼貴也沒有新車貴。）

（4）乙：那座山太高了，別去爬了。

甲：不，＿＿＿＿＿＿＿＿＿＿＿＿＿＿＿＿＿＿＿＿＿＿。

（再怎麼高也沒有玉山高。）

（5）甲：那道菜很好吃，價錢也很便宜，但是油太多，還是別吃了。

乙：不，我要吃，＿＿＿＿＿＿＿＿＿＿＿＿＿＿＿＿＿＿。

（再怎麼油也沒有炸雞油。）

（6）乙：這顆橘子很酸，你還想吃嗎？

甲：我想吃，＿＿＿＿＿＿＿＿＿＿＿＿＿＿＿＿＿＿＿＿。

（再怎麼酸也沒有檸檬酸。）

4. 句子無誤則得一分。

5. 得分較多者即為優勝隊伍。

▶備註：

老師可視學生人數及練習時間增減練習題目。

42 在……方面

▶語法點簡介：

用來說明句中主語所具有的特點，或主語對某事的喜好，也可用來對兩種事物或兩個人進行比較。

例句
小華不認識美美，他請小琪形容一下美美：
小華：請你說一下美美是個怎麼樣的人？
小琪：在外表方面，美美是個瘦瘦高高的女孩兒。在個性方面，她相當開朗活潑。在談吐方面，她很幽默風趣。

☀活動一：我的夢中情人

▶活動人數：

15 人以內為佳。

▶活動道具：

無。

▶活動流程：

1. 老師請某一學生說出心目中理想情人的特質，引出語法點的用法。
   例如：
   老師問：「美美，你心目中的理想情人需要有什麼特點？」
   學生答：「很帥，高高的，很活潑，還要很幽默。」
   老師說：「你可以說：『在外表方面，我希望他長得很帥又很高；在個性方面，我希望他很活潑而且很幽默。』」
2. 老師指定幾位學生做以上的練習。
3. 接下來分組，三或四人一組，利用「在……方面」的句型介紹自己最喜歡的城市。例如：「我喜歡台北，因為在天氣方面，氣候很溫暖；在交通方面，大眾運輸系統很便利；在飲食方面，有各種不同國家的美食可以選擇。」
4. 每一組輪流上台發表。
5. 教師適時糾正學生錯誤，並給予鼓勵。

八、複句

43　並列複句：一邊……一邊……

▶語法點簡介：

用於描述同時發生、同時進行的兩動作。

◎公式

	主語	一邊	動詞短語 1	一邊	動詞短語 2
1	弟弟	一邊	看電視，	一邊	吃飯。
2	她	一邊	聽音樂，	一邊	寫功課。
3	我們	一邊	聊天 ，	一邊	散步。

◎注意事項：

1.「一邊……一邊……」指出同時進行的兩個動作，通常第二個動作為主要動作；第一個則是伴隨的動作。

2.「一邊……一邊……」表示兩種以上的動作同時進行，一般中間會停頓。例如：「我一邊聽歌，一邊寫信。」

3.「一邊」中的「一」可省略，省略「一」以後，「邊」與單音節動詞組合時，中間不停頓。例如：「我邊跳邊跑。」

4.「一邊……一邊……」的句型有另一種用法，用來表示兩種以上的動作在一段時間中反覆交叉出現、同時存在，這兩種動作都不是具體「正在」進行的動作，而是表示目前生活中所進行的某些事，例如：「他一邊讀書，一邊工作」。此用法在此暫不列入討論與練習。

◎參考文獻：

楊寄洲（1999），《對外漢語教學初級階段語法大綱》，收錄於《對外漢語教學初級階段教學大綱》，頁93。北京：北京語言文化大學出版社。

☼活動一：完成句子

▶活動人數：

10 至 15 人為佳。

▶活動道具：

多組「動詞＋賓語」的句子（可準備字卡或直接寫在黑板上，範例見備註）。

▶活動流程：

1. 老師將多組「動詞＋賓語」的句子寫在黑板上。例如：「看電視」、「睡覺」、「洗衣服」……等。
2. 將學生分成兩組，於黑板前排成兩列。
3. 兩組學生皆從 1 開始編號，每個人都有自己號碼，務必使每個號碼都有兩個（來自兩組）對應的學生。
   （人數較少的組別，有一個學生可以同時代表兩個號碼）
4. 比賽開始時，老師會用「一邊……一邊……」造句，但老師只說出前面第一個動作。例如：「媽媽一邊煮飯……」
5. 老師叫一個號碼，兩個對應的學生須從黑板上找出能接續老師句子的字卡答案。（「一邊……一邊……」句型中的第二個動作）
6. 兩個學生中，手最快拍在正確答案上，且能說出正確句子者得一分。
7. 累計得分最多的組別即為優勝隊伍。
8. 最後老師再帶全班複誦完整的句子。

▶備註：

字卡範例：

跳	跑
看電視	吃飯
跳舞	唱歌
看書	聽音樂
說話	寫功課
散步	聊天

☼活動二：改正誤句

▶活動人數：

10 至 15 人為佳。

▶活動道具：

無。

▶活動流程：

1. 將學生分成兩組，背對背排成兩列。
2. 老師用「一邊……一邊……」造句子，兩組學生根據老師句子的正確與否比出手勢。（正確比○；錯誤比 X）
3. 若手勢比錯則扣一分。
4. 兩組學生針對錯誤的句子，進行搶答並糾正（說出錯誤點為何？改成正確的句子後便可得分。）
5. 總分最高者即為優勝隊伍。
6. 老師最後再帶全班一起複誦正確的句子。

▶備註：

教師須特別注意：學生容易將兩個不能同時進行的動作，使用於此語法點而造成偏誤。例如：「＊我一邊聽錄音帶，一邊聽懂。」應更正成：「我一聽錄音帶，一邊跟著說。」

44　並列複句：又……又……

▶語法點簡介：

用來表示兩個動作同時進行或兩種狀態同時存在，強調它們是並列的。

◎公式

公式一

	主語	又	形容詞 1	又	形容詞 2
1	台北市	又	吵	又	熱。
2	房間	又	髒	又	亂。
3	小明	又	聰明	又	美麗。

公式二

	主語	又	動詞（詞組）1	又	動詞（詞組）2
1	他	又	跑	又	跳。
2	小明	又	會唱歌	又	會跳舞。
3	你	又	能說中文	又	能說法文。

◎注意事項：

1.「又……又……」連接的兩個動詞或形容詞前一般不用程度副詞，不能說「＊又很寬敞，又很明亮。」。

2.「又……又……」連接兩個形容詞時，這兩個形容詞通常同時為正面形容詞或同時為負面形容詞。

◎參考文獻：

楊寄洲（1999），《對外漢語教學初級階段語法大綱》，收錄於《對外漢語教學初級階段教學大綱》，頁94。北京：北京語言文化大學出版社。

☼活動一：相互讚美

▶活動人數：

5 至 10 人為佳。

▶活動道具：

PowerPoint，範例見活動流程。

▶活動流程：

1. 老師播放 PowerPoint，內容如下表（參考用）：

高	帥	酷	瘦
白	美	仔細	認真
有錢	聰明	會唱歌	會跳舞
可愛	活潑	會游泳	會打球
美麗	大方	能說中文	能說法文
漂亮	乖巧	會寫漢字	會畫國畫

2. 學生輪流上台接受同學的讚美。

3. 台下學生輪流使用「又……又……」的句型讚美台上的同學。

    例如：「瑪莉又聰明又可愛。」、「小白又高又漂亮。」

4. 若學生造的句子有誤，老師可適時給予提示，請學生試著造出正確的句子。

▶備註：

PowerPoint 的內容提供學生參考，學生可自由使用各種形容詞詞組或動詞詞組。

☀活動二：一搭一配

▶活動人數：

5 至 30 人為佳。

▶活動道具：

黑板、計時器、白紙。

▶活動流程：

1. 將全班學生 5 人分成一組。
2. 請每個人在三分鐘內各寫出 10 個形容詞。
3. 老師說明活動的步驟。
4. 請每一組學生在十分鐘內把整組的 50 個形容詞，兩兩拼湊成一個合理且完整的句子，並寫在黑板上。
   （老師須事先把黑板分成兩邊，一組一邊）有些形容詞無法組合成正確句子，例如：
   「美麗」、「胖」、「大」、「認真」、「聰明」……
   王小敏又聰明又美麗。（○）
   貝貝又認真又大。（X）
5. 時間結束後，老師逐一訂正各組句子的錯誤，並請全班跟著複誦正確的句子，若句子有錯誤，老師則請他組學生嘗試修正，修正完後再請全班唸一次。
6. 修正完後，統計各組正確句子的數量，最高分的小組即為優勝隊伍。

45 承接複句：先……再／然後……

▶語法點簡介：

表示一個動作之後接著發生另一個動作，先後次序是固定的，不能顛倒。

◎公式

公式一

	主詞	先	動詞 1	再／然後	動詞 2
1	我	先	寫完作業，	再	去睡覺。
2	他	先	吃完早餐，	然後	去上課。

公式二

先	動詞 1	再	動詞 2	然後	動詞 3	最後	動詞 4
先	穿衣服	再	穿褲子，	然後	穿外套，	最後	穿襪子。

◎注意事項：

公式二的「再」、「然後」、「最後」可依動作多寡選擇性搭配使用。

◎參考文獻：

楊寄洲（1999），《對外漢語教學初級階段語法大綱》，收錄於《對外漢語教學初級階段教學大綱》，頁
119。北京：北京語言文化大學出版社。

☼活動一：瞎子摸象

▶活動人數：

10 人為佳。

▶活動道具：

籃球兩個、黑布條兩條。

▶活動流程：

1. 老師先帶領學生練習基本句型。
2. 將兩個籃球放置在講台上。
3. 學生分成兩隊，各隊每次輪流派出一位代表。
4. 兩隊代表矇上眼睛，站在教室的後方。
5. 兩隊代表在原地轉五圈之後開始向前方籃球移動，兩隊組員使用句型提示矇眼同學行進的方向，例如：「先往前，再往左。」、「先往前，然後往右。」矇眼的同學必須聽隊員的指示進行動作，拿到籃球後才算完成任務。
6. 先拿到籃球的隊伍可得一分。累積分數最高者即為優勝隊伍。

▶備註：

1. 教師在活動進行前可先複習或教授一些簡單的方位詞，例如：「前」、「後」、「左」、「右」，以及一些簡單的介詞，例如：「往」、「向」。
2. 此活動必須在寬敞的空間進行，並注意學生的安全。

☼活動二：時間表練習

▶活動人數：

5 人內為佳。

▶活動道具：

時間表（詳見備註）。

▶活動流程：

初級活動

1. 老師指定時間表的時段（早上、中午、下午、晚上），請學生按時間表，依序套用句型回答出完整的句子。
2. 每位學生都須重覆前一人所說的句子，自己再加入一句新的句子。
3. 例如老師指定晚上的時段，第一位學生：「小明晚上先和女朋友吃晚餐，再回家看電視。」→第二位學生：「小明晚上先和女朋友吃晚餐，再回家看電視，然後寫作業。」→第三位學生：「小明晚上先和女朋友吃晚餐，再回家看電視，然後寫作業，最後洗澡和睡覺。」
4. 老師適時糾正學生錯誤，並適當給予鼓勵。

進階活動

1. 老師發給每位學生空白的時間表，讓學生將自己一天的行程填入表中。
2. 之後的練習步驟如初級活動。

▶備註：

1.時間表範例如下——

小明的一天		
時段	時間	活動
早上	06：00	起床
	06：30－07：00	慢跑
	07：00－08：00	吃早餐
	09：00－12：00	上華語課
中午	12：00－13：00	吃午餐
下午	13：00－14：00	睡午覺
	14：00－16：00	上繪畫課
	16：30－17：00	遛狗
晚上	18：00－20：00	（去餐廳）和女朋友吃晚餐
	20：30－21：30	（回家）看電視
	21：30－22：30	寫作業
	22：30－23：00	洗澡
	23：00	睡覺

2.空白時間表範例如下——

時段	時間	活動
早上		
中午		
下午		
晚上		

的一天

46 讓步複句：固然……

▶語法點簡介：

1. 表示先承認一個事實（偏句），再轉入下文否定已承認的事實，強調「然而／可是／但是／卻」帶出的句子（正句）。前後兩句意思矛盾。（如例句 1、2）
2. 表示確認某一事實，接著同時也承認另一個事實，前後意思不矛盾，轉折較輕，重於強調後句，常與「也」連用。（呂叔湘主編，2003）（如例句 3）

◎公式

	偏句	固然	短句	（然而／可是／但是／卻）	正句
1	他的方法	固然	很好，	但是（卻）	無法執行。
2	這樣做	固然	可行，	可是	太浪費時間了。
3	考上了	固然	很好，		考不上也不必灰心。

◎注意事項：

「固然」和「雖然」兩者的不同之處：

「固然」側重於確認某種事實，多用於主語後；「雖然」側重於讓步，用於主語前後均可。

◎參考文獻：

呂叔湘主編（2003），《現代漢語八百詞》（增訂本），頁 236－237。北京：商務印書館。

劉月華等（2001），《實用現代漢語語法》（增訂本），頁 875。北京：商務印書館。

☼活動一：完成句子

▶活動人數：

10 至 15 人為佳。

▶活動道具：

語法點導入 PowerPoint、題目卡（範例詳參活動流程、備註）。

▶活動流程：

1. 教師先播放 PowerPoint 的內容將語法點導入，範例如下：

> 阿輪因為天天用功讀書，所以生病了。
> 醫生：「身體健康很重要，要好好照顧身體。」
> 阿輪：「但是考試要到了，我必須熬夜用功讀書。」
> 醫生：「用功讀書固然重要，但是身體健康更重要。」
> 「＿＿＿A＿＿＿固然……，然而／可是／但是／卻＿＿＿B＿＿＿……。」
> A：用功讀書
> B：身體健康
> 比較結果：B 比 A 重要。
>
> 朱小弟認為只能在學校中學習知識，但是姐姐認為在社會上也可以學習知識。
> 姐姐：「學校固然可以學習知識，然而＿＿＿＿＿＿＿＿。」（請學生完成句子）
> （參考答案：在社會上也可學習知識）
>
> 大頭因為天天打球，沒時間寫作業，所以功課退步了。
> 媽媽：「＿＿＿＿＿＿＿＿＿＿＿＿＿＿＿＿＿＿。」（請學生造出完整句子）
> （參考答案：天天打球固然好，可是不能不寫作業。）

2. 將學生分成兩組，進行辯論。

3. 兩組派代表猜拳，贏者可以抽題目卡，並且使用「固然……然而／可是／但是／卻」優先造句，且說出選擇的原因。（範例見以下步驟）

4. 另一組學生必須在三至五秒內，針對對方的句子進行辯論，並且說出與對方不同的意見。

　　以題目卡一（見備註）為範例：

　　A 組學生：「金錢固然重要，但是愛情更重要，因為……。」

　　B 組學生：「愛情固然重要，可是金錢更重要，因為……。」

5. 若在限定的時間內完成句子，並且沒有出現錯誤，則得一分。

　　得分最多的隊伍即為優勝隊伍。

▶備註：

題目卡一

愛情　VS.　金錢

題目卡二

用功讀書　VS. 身體健康

題目卡三

事業　VS.　家庭

題目卡四

社團　VS.　功課

題目卡五

工作　VS.　娛樂

題目卡六

親情　VS.　友情

47　遞進複句：不但……而且……

▶語法點簡介：

表示人或事物同時兼有兩個子句中的陳述。

◎公式

	主語	不但	子句／狀語	而且	子句／狀語
1	她	不但	聰明，	而且	也很用功。
2	他	不但	是我的華語老師，	而且	也是我的台灣朋友。
3		不但	中國人喜歡吃粽子，	而且	外國人也很喜歡。

◎注意事項：

1.「而且」連接的第二個子句通常習慣與副詞「也」或「還」合用。

2.「不但」、「而且」所連接的兩個子句，若主語相同，主語只出現於句首，且「不但」置於主語之後（參照例句1、2）；若主語不同，「不但」、「而且」通常置於其個別的主語之前。（參照例句3）

3.在使用「不但……而且……」的句型時，說話者的目的主要是突出第二個分句的意思，而不在於第一分句（第一分句的意思通常是雙方已認定的）。

◎參考文獻：

劉月華等（2001），《實用現代漢語語法》（增訂本），頁867。北京：商務印書館。

楊寄洲（1999），《對外漢語教學初級階段語法大綱》，收錄於《對外漢語教學初級階段教學大綱》，頁46。北京：北京語言文化大學出版社。

☼活動一：優點轟炸

▶活動人數：

10 至 15 人為佳。

▶活動道具：

無。

▶活動流程：

1.讓學生圍成一圈坐下。
2.從老師開始，運用此語法點來對一位學生說出他／她的優點。例如：「Mike 不但很高，而且很帥。」
3.被點到的學生（Mike），必須運用語法點，再說出一位同學的優點，以此類推。
4.每位學生只能被點名一次，最後一位學生運用語法點，說出老師的優點。

▶備註：

此活動是藉由讚美同學來練習語法點，所以較適合已經一起學習、相處過一段時間的學生。

☀活動二：猜猜是誰？

▶活動人數：

10 至 15 人為佳。

▶活動道具：

無。

▶活動流程：

1.將學生分成兩隊競賽，每一輪各隊派出一人上台。

2.老師指定班上的一位學生為謎底，謎底只能讓台上的代表知道。

3.台上的代表，輪流使用語法點來形容該位當謎底的學生，例如：「他不但很高，而且很瘦。」、「她不但很可愛，而且也很活潑。」

4.無論台上是哪一組的代表造句，台下學生皆可猜答案，沒有組別的限制。

5.猜出謎底的小組，可得一分，謎底猜出後，則更換題目。

6.分數最高者即為優勝隊伍。

▶備註：

教師必須視活動情形做調整，若台下學生一直無法猜出答案，應即時更換謎底。

48 轉折複句：（不但＋不／沒）……，反而……

▶語法點簡介：

表示跟前文意思相反或出乎預料之外的轉折語氣。

◎公式

		（不但＋不／沒……），	反而	
1	我考試考不好，	她不但不安慰我，	反而	責怪我。
2	他努力減肥，	可是他的體重不但沒減少，	反而	增加了三公斤。

◎注意事項：

1.「反而」常常與「不但＋不／沒」連用，引出某一希望或應該實現卻沒有實現的情況、結果。

2.有時可將「不但＋不／沒」所引出的「某一希望或原本應該實現的情況、結果」在句中省略。例句：
「春天來了，天氣不但沒回暖，反而變冷了。」→「春天來了，天氣反而變冷了。」

◎參考文獻：

呂叔湘主編（2003），《現代漢語八百詞》（增訂本），頁 199。北京：商務印書館。

☀活動一：莉莎與房東夫妻

▶活動人數：

不限。

▶活動道具：

PowerPoint（內容為語法點導入的文章）。

▶活動流程：

1. 教師呈現以下的情境故事，將語法點「反而……」導入。

> 莉莎是一個美國留學生，她現在住在一個中國家庭裏。房東太太人很好，生活卻很辛苦，她每天總是有做不完的家事，而房東先生卻是個傳統的大男人主義者。房東太太想離婚，她跟莉莎抱怨，莉莎也聽懂了一些，但是還是有一些聽不太清楚，你猜猜還有哪些？
>
> ❖莉莎聽懂了的：
> 1. 太太買了一件衣服給先生，先生不但不感謝，反而說衣服的顏色很難看。
> 2. 到了週末，先生不但不做家事，反而要太太伺候他。
> 3. 太太生病的時候，先生不但不陪她去醫院，反而跟朋友出去玩。
>
> ❖你猜猜：

2. 「你猜猜」的部分讓學生依照故事情境自由造出「反而……」的句子，教師必須注意學生的語法是否正確無誤。

☼活動二：造句搶答

▶活動人數：

10 人以內為佳。

▶活動道具：

1.呈現題目的教具，例如 PowerPoint、題目海報……等。（題目詳見備註）。
2.搶答鈴兩個，一組一個。

▶活動流程：

1.將全班分成兩組競賽，兩隊輪流派代表回答問題。
2.老師利用 PowerPoint 或海報顯示題目，兩隊代表可同時進行搶答。最快按下搶答鈴者可優先回答問題。
3.答對可得一分，答錯則換另一隊答題。兩隊代表皆不會回答，則可請其他學生舉手搶答。
4.最後累積最多分者即為優勝隊伍。
5.老師於活動後帶領全班將所有完整句子重新複習一次。

▶備註：

題目範例及答案參考：

> 套用「反而……」完成句子——
> 他知道我考試考得不好，可是他不但不安慰我，＿＿＿＿＿＿＿＿＿。

（→反而責怪我）

> 套用「反而……」完成句子——
> 醫生要小王戒菸，可是他不但沒戒，＿＿＿＿＿＿＿＿＿。

（→反而比以前吸得更多了）

> 套用「反而……」完成句子——
> 她看病看了很多次，病情不但沒轉好，＿＿＿＿＿＿＿＿＿。

（→反而越來越嚴重）

套用「反而……」完成句子——

經過這次失敗後，他不但不氣餒，_____。

（→反而更堅強了）

套用「反而……」完成句子——

我買了一件衣服送給他，可是他不但沒謝我，_____。

（→反而說我買的衣服顏色不好看）

套用「反而……」情境造句——

小王昨天騎自行車撞了人，他沒道歉，他跑掉了。

（→小王昨天騎自行車撞了人，可是他不但不道歉，反而跑掉了。）

套用「反而……」情境造句——

春天來了，天氣沒有變暖，天氣變冷了。

（→春天來了，天氣反而變冷了。）

套用「反而……」情境造句——

我工作很努力，但是老闆沒給我加薪，他要開除我。

（→我工作很努力，可是老闆不但不給我加薪，反而要開除我。）

套用「反而……」情境造句——

我打算給他介紹一個女朋友，我以為他會感激我，可是他卻嫌我多事。

（→我打算給他介紹一個女朋友，他不但不感激我，反而嫌我多事。）

套用「反而……」情境造句——

石油的產量增加了，可是汽油的價格沒下降。

（→石油的產量增加了，可是汽油的價格不但沒下降，反而上漲了。）

套用「反而……」情境造句——

A：我聽說小王跟他的女朋友分手了，是真的嗎？
B：才沒有，他跟他的女朋友要結婚了。

（→小王跟他的女朋友不但沒分手，反而要結婚了。）

49 選擇複句：與其……，倒不如……

►語法點簡介：

「與其……倒不如……」是表示取捨關係的一對關聯詞。表示在比較兩者之後，選擇後者而不選擇前者。

◎公式

公式一

	與其	動詞片語	倒不如	動詞片語
1	與其	靠別人，	倒不如	靠自己。
2	與其	明天早上做功課，	倒不如	今天晚一點睡覺，把功課做完。

公式二

	原因／話題	與其	動詞片語	倒不如	動詞片語
1	今天天氣很好，	與其	在家裡看書，	倒不如	出去玩一玩。
2	我女朋友已經不愛我了，	與其	勉強在一起，	倒不如	分手。

公式三

	與其	動詞片語	倒不如	動詞片語	原因／評論
1	與其	每天給她送花，	倒不如	給她寫一封情書，	讓她瞭解你的想法。
2	與其	愛一個不愛你的人，	倒不如	珍惜一個愛你的人，	至少你會得到幸福。

◎注意事項：

1. 「與其……倒不如……」有兩種語境：
   （1）提出建議，說話人建議聽話人選擇後一種方式。
       例如：「與其自己浪費時間想問題，倒不如去問老師。」
   （2）在對兩者都不太滿意的情況下，不得已選擇後者。
       例如：「你的男朋友對你很不好，與其讓妳們兩個勉強在一起，倒不如早點分手。」
2. 造成取捨的原因或評論可以放在句尾，並可用「至少……」引出。（例如公式三例句2）

◎參考文獻：

劉月華等（2001），《實用現代漢語語法》（增訂本），頁876。北京：商務印書館。

呂叔湘主編（2003），《現代漢語八百詞》（增訂本），頁637。北京：商務印書館。

☀活動一：誰是我的 Mr. Right

▶活動人數：

不限。

▶活動道具：

將導入文章呈現的教具，如 PowerPoint……等。

▶活動流程：

1. 教師呈現以下的情境對話，將語法點「與其……倒不如……」導入。

小莉：
最近有兩個人想追求我。一個是小張，一個是老李。小張很年輕，可是沒有錢；老李很有錢，可是太老了。我不知道應該選誰？

小芳：
在我看來，與其選小張，倒不如選老李，至少他有錢。

小芬：
我卻覺得與其選老李，倒不如選小張，至少他年輕。與其當個有錢的年輕寡婦，倒不如做個平凡的妻子。

 與其當個有錢的年輕寡婦，

 倒不如做個平凡的妻子。

2.教師藉由情境對話中「與其……倒不如……」的三句例句，帶領學生歸納出以下三點：

（1）「與其……倒不如……」是用於「比較兩者的情況」。

（2）在比較兩者之後，「選擇後者而不選擇前者。」

（3）可使用「至少」引出選擇的原因。

例句 1：與其選小張，倒不如選老李，至少他有錢。

→比較「選小張」、「選老李」兩者，選擇後者——「老李」。

→使用「至少」引出選擇老李的原因——「他有錢」。

例句 2：我卻覺得與其選老李，倒不如選小張，至少他年輕。

→比較「選老李」、「選小張」兩者，選擇後者——「小張」。

→使用「至少」引出選擇小張的原因——「他年輕」。

例句 3：與其當個有錢的年輕寡婦，倒不如做個平凡的妻子。

→比較「當個有錢的年輕寡婦」、「做個平凡的妻子」兩者，選擇後者——「做個平凡的妻子」。

3.請學生進行角色扮演，故事內容可以是上面的對話情境，也可以是學生自己編寫的對話（老師須事先修改過，確認句子是否正確）。

▶備註：

教師呈現以上情境對話時，可配合圖案輔助，讓學生較容易理解句意。

☀活動二：哪裡最好玩

▶活動人數：

20 人以內為佳。

▶活動道具：

將活動資料表格（見備註）呈現的教具，如 PowerPoint……等。

▶活動流程：

1. 請學生依照自己選擇的旅遊地點分成四組。（若人數相差過大，老師可協助調整。）
2. 由老師先發言，選擇一個景點。例如：「我要去陽明山。」
3. 各組每次派一位代表發言，可參考資料表格所給的資料（或自由造句），使用「與其……倒不如……至少……」的句型來反駁前一組的選擇（第一組開始時反駁老師所選擇的景點），並說出原因。
4. 造句以十秒為限，若某組無法及時造出句子，則為失敗的組別。
5. 活動範例詳見備註。

▶備註：

1. 老師說：「我要去陽明山。」
2. 學生造句範例：

　太魯閣組：與其去陽明山，倒不如去太魯閣，至少可以泛舟。

　陽明山組：與其去太魯閣，倒不如去陽明山，至少比較便宜。

　阿里山組：與其去陽明山，倒不如去阿里山，至少可以看日出。

　溪頭組：與其去阿里山，倒不如去溪頭，至少可以參觀鹿港小鎮，吃到鹿港米茶。

3. 資料表格範例見下頁。
4. 資料表格中的地點可依學生的喜好做更改。

太魯閣	陽明山
❖ 地區：東部 ❖ 天數：四天 ❖ 特點： 　1.太魯閣國家公園 　2.花蓮海洋公園 　3.泛舟 ❖ 美食：花蓮麻糬 ❖ 價錢：每人 7000 元 ❖ 交通工具：遊覽車	❖ 地區：北部 ❖ 天數：一天 ❖ 特點： 　1.陽明山溫泉 　2.故宮歷史文物 　3.台北 101 　4.士林夜市 ❖ 美食：陽明山草山柑橘、 　　　　夜市小吃 ❖ 價錢：每人 1000 元 ❖ 交通工具：捷運、公車
阿里山	溪頭
❖ 地區：南部 ❖ 天數：三天 ❖ 特點： 　1.日出 　2.雲海 　3.千年神木 　4.森林小火車 　5.阿里山森林遊樂區 ❖ 美食：奮起湖便當、高山茶 ❖ 價錢：每人 5000 元 ❖ 交通工具：遊覽車、森林小火車	❖ 地區：中部 ❖ 天數：兩天 ❖ 特點： 　1.溪頭森林遊樂區 　2.鹿港小鎮 　3.白蘭氏健康博物館 ❖ 美食：鹿港米茶 ❖ 價錢：每人 3000 元 ❖ 交通工具：遊覽車

50 目的複句：為了……

▶語法點簡介：

用來表示行為發生的原因或目的。

◎公式：

公式一：

	為了	表原因的子句	表結果的子句
1	為了	學習中文，	我今年暑假要去台灣。
2	為了	有好的成績，	她很認真地唸書。
3	為了	保護自己，	他買了一把槍。

公式二：

	表結果的子句	為了	表原因的子句
1	我今年暑假要去台灣，	為了	學習中文 。
2	她很認真唸書，	為了	有好的成績 。
3	他買了一把槍，	為了	保護自己。

◎注意事項：

「為了……」的句型屬於「偏正複句」中的「目的複句」。「偏正複句」中被修飾、限制的分句是正句；另一個分句是偏句。在「為了……」的句型中，偏句表示目的；正句表示為達此目的所採取的行動，一般在偏句中使用「為了」。(劉月華等，2001)

◎參考文獻：

劉月華等（2001），《實用現代漢語語法》（增訂本），頁876。北京：商務印書館。

☼活動一：各行各業的重要

▶活動人數：

10 至 15 人為佳。

▶活動道具：

各種職業的圖片。（範例見備註）

▶活動流程：

初級活動

1. 將學生分成兩組競賽。
2. 老師拿起各種不同職業的圖片，並引導學生用句型完成句子。
   例如：

　　老師：「交通警察指揮交通，<u>為了……</u>。」
　　學生：「交通警察指揮交通，為了讓馬路不塞車。」
3. 請兩隊學生進行搶答，回答最快且句子正確者可得一分。
4. 最後，老師再帶全班複誦正確的句子。

進階活動

　　老師讓學生自己看圖片而不做引導，學生依據圖片來造句。
　　以下圖為例，學生可說：「為了讓身體健康，他每天都會慢跑。」、「他每天都會慢跑，為了讓身體健康。」

▶備註：

1. 若學生說出誤句，教師應在學生說完句子後再進行糾正，並請全班一起練習。

2. 學生造出的句子只要表達通順且符合邏輯即可，並無標準答案。

3. 以下為職業圖片範例及參考答案：

圖片範例	參考答案
醫生	為了把病治好，醫生幫我看病。 醫生幫我看病，為了把病治好。
老師	為了讓學生成績進步，老師認真上課。 老師認真上課，為了讓學生成績進步。

 廚師	為了讓客人吃到好吃的菜，廚師用心做菜。 廚師用心做菜，為了讓客人吃到好吃的菜。
 郵差	為了讓大家早點收到信，郵差努力工作。 郵差努力工作，為了讓大家早點收到信。

肆、附錄

附錄一：語法點程度分類表

編號	語法點	程度（級）
1.	時間的表達方式：年、月、日、星期	甲
2.	時間詞的連用：以前……後來……	甲
3.	距離的表達：……離……＋距離	甲
4.	嘗試、輕微、舒緩的語氣：動詞＋一＋動詞	甲
5.	程度加深的表達：形容詞重疊	甲
6.	數詞與名量詞	甲
7.	動量詞	甲、乙
8.	表程度的疑問副詞「多」＋形容詞（大／高／長／重／寬／厚／遠）	甲
9.	動作的進行：正在、在、正	甲
10.	「再」與「才」的辨別	甲
11.	難免……	丁
12.	動作行為發生的地點：在／到＋處所詞＋動詞	甲
13.	動作的方向：介詞（往、向、朝）＋方位詞＋動詞	甲
14.	動作行為目的：來／去＋處所詞＋動詞＋賓語	甲
15.	表示對象或憑藉的常用介詞：跟、給、替、用、對	甲、乙
16.	表示選擇關係的連詞：還是、或者、或是	甲
17.	再說……	丁
18.	結構助詞：「的」、「地」、「得」	甲
19.	語氣助詞：「了」	甲
20.	動態助詞：「了」	甲
21.	動態助詞：「著」	甲
22.	動態助詞：「過」	甲
23.	語氣助詞：而已	丁
24.	動作經歷時間：動詞＋時量補語	甲
25.	結果補語	甲
26.	評論或說明：程度補語（得很／得不得了／極了）	甲

27.	介紹與說明：是	甲
28.	表示強調的方法：是……的	甲
29.	關係的表達：有	甲
30.	表達請求、命令、願望：把（1）	甲
31.	表達動作行為的目的：把（2）	甲
32.	被動意義的表達：被	甲
33.	比較事物、性狀的同異：A 跟 B 一樣／不一樣	甲
34.	比較：比、最	甲
35.	描述事物的性質、狀態、特點：形容詞謂語句	甲
36.	正反問句	甲
37.	強調否定：一＋量詞＋名詞＋都／也＋沒有	乙
38.	變化的表達（1）：越來越＋形容詞	乙
39.	變化的表達（2）：越＋動詞＋越＋形容詞	乙
40.	緊縮句：一……就……	甲
41.	緊縮句：再（怎麼）……也……	丙
42.	在……方面	乙
43.	並列複句：一邊……一邊……	甲
44.	並列複句：又……又……	甲
45.	承接複句：先……再／然後……	乙
46.	讓步複句：固然……	丙
47.	遞進複句：不但……而且……	甲
48.	轉折複句：（不但＋不／沒）……，反而……	丙
49.	選擇複句：與其……，倒不如……	丙
50.	目的複句：為了……	甲

（以上程度分級參考劉英林（1998）主編的《漢語水平等級標準與語法等級大綱》一書）

附錄二：語法點與課本對照表

《實用視聽華語（一）、（二）、（三）》對照表

編號	語法點	（一）對照課別	（二）對照課別	（三）對照課別
1.	時間的表達方式：年、月、日、星期	12		
2.	時間詞的連用：以前……後來……	16		
3.	距離的表達：……離……＋距離	9		
4.	嘗試、輕微、舒緩的語氣：動詞＋一＋動詞			
5.	程度加深的表達：形容詞重疊	23		
6.	數詞與名量詞	4		
7.	動量詞	16		
8.	表程度的疑問副詞「多」＋形容詞（大／高／長／重／寬／厚／遠）	17		
9.	動作的進行：正在、在、正	7		
10.	「再」與「才」的辨別	25		
11.	難免……			
12.	動作行為發生的地點：在／到＋處所詞＋動詞	9、10		
13.	動作的方向：介詞（往、向、朝）＋方位詞＋動詞	14		
14.	動作行為目的：來／去＋處所詞＋動詞＋賓語	10		
15.	表示對象或憑藉的常用介詞：跟、給、替、用、對	15		
16.	表示選擇關係的連詞：還是、或者、或是	5、22		
17.	再說……		21	
18.	結構助詞：「的」、「地」、「得」	5、7、23		
19.	語氣助詞：「了」	13		
20.	動態助詞：「了」	10		
21.	動態助詞：「著」	20		
22.	動態助詞：「過」	16		
23.	語氣助詞：而已		25	
24.	動作經歷時間：動詞＋時量補語	12		
25.	結果補語	22		
26.	評論或說明：程度補語（得很／得不得了／極了）	17		
27.	介紹與說明：是	1		

28.	表示強調的方法：是……的	10		
29.	關係的表達：有	3		
30.	表達請求、命令、願望：把（1）	19		
31.	表達動作行為的目的：把（2）	19		
32.	被動意義的表達：被	24		
33.	比較事物、性狀的同異：A 跟 B 一樣／不一樣	17		
34.	比較：比、最	17		
35.	描述事物的性質、狀態、特點：形容詞謂語句	2		
36.	正反問句	2、3		
37.	強調否定：一+量詞+名詞+都／也+沒有			
38.	變化的表達（1）：越來越＋形容詞	25		
39.	變化的表達（2）：越＋動詞＋越＋形容詞	25		
40.	緊縮句：一……就……			
41.	緊縮句：再（怎麼）……也……		5	
42.	在……方面			
43.	並列複句：一邊……一邊……		3	
44.	並列複句：又……又……	23		
45.	承接複句：先……再／然後……	14		
46.	讓步複句：固然……			
47.	遞進複句：不但……而且……		4	
48.	轉折複句：（不但＋不／沒）……，反而……		22	
49.	選擇複句：與其……，倒不如……		21	7
50.	目的複句：為了……			15

《新實用漢語課本》對照表

編號	語法點	對照課別
1.	時間的表達方式：年、月、日、星期	9
2.	時間詞的連用：以前……後來……	46
3.	距離的表達：……離……＋距離	15
4.	嘗試、輕微、舒緩的語氣：動詞＋一＋動詞	15
5.	程度加深的表達：形容詞重疊	29、43、44
6.	數詞與名量詞	8
7.	動量詞	22
8.	表程度的疑問副詞「多」＋形容詞（大／高／長／重／寬／厚／遠）	9
9.	動作的進行：正在、在、正	24
10.	「再」與「才」的辨別	26
11.	難免……	

12.	動作行為發生的地點：在／到＋處所詞＋動詞	10
13.	動作的方向：介詞（往、向、朝）＋方位詞＋動詞	
14.	動作行為目的：來／去＋處所詞＋動詞＋賓語	
15.	表示對象或憑藉的常用介詞：跟、給、替、用、對	
16.	表示選擇關係的連詞：還是、或者、或是	12
17.	再說……	
18.	結構助詞：「的」、「地」、「得」	32
19.	語氣助詞：「了」	17、30
20.	動態助詞：「了」	13、17
21.	動態助詞：「著」	25
22.	動態助詞：「過」	23
23.	語氣助詞：而已	
24.	動作經歷時間：動詞＋時量補語	17、19
25.	結果補語	18、19、25、28、34
26.	評論或說明：程度補語（得很／得不得了／極了）	17、38、53
27.	介紹與說明：是	4
28.	表示強調的方法：是……的	18、21
29.	關係的表達：有	8
30.	表達請求、命令、願望：把（1）	15、29、32
31.	表達動作行為的目的：把（2）	15、17、32
32.	被動意義的表達：被	25
33.	比較事物、性狀的同異：A 跟 B 一樣／不一樣	19、44
34.	比較：比、最	17、44
35.	描述事物的性質、狀態、特點：形容詞謂語句	17、37
36.	正反問句	7
37.	強調否定：一＋量詞＋名詞＋都／也＋沒有＋（動詞）	35
38.	變化的表達（1）：越來越＋形容詞	35、44
39.	變化的表達（2）：越＋動詞＋越＋形容詞	26、37
40.	緊縮句：一……就……	36、44
41.	緊縮句：再（怎麼）……也……	36、54
42.	在……方面	40、56
43.	並列複句：一邊……一邊……	40、44
44.	並列複句：又……又……	30、44
45.	承接複句：先……再／然後……	30、44、51
46.	讓步複句：固然……	21、37、54
47.	遞進複句：不但……而且……	24、44、57
48.	轉折複句：（不但＋不／沒）……，反而……	42、44

49.	選擇複句：與其……，倒不如……	
50.	目的複句：為了……	44、55

《中文聽說讀寫》對照表

編號	語法點	level1 對照課別	level2 對照課別
1.	時間的表達方式：年、月、日、星期	3	
2.	時間詞的連用：以前……後來……		
3.	距離的表達：……離……＋距離		
4.	嘗試、輕微、舒緩的語氣：動詞＋一＋動詞		
5.	程度加深的表達：形容詞重疊		
6.	數詞與名量詞	2、9	
7.	動量詞	16	
8.	表程度的疑問副詞「多」＋形容詞（大／高／長／重／寬／厚／遠）	9	
9.	動作的進行：正在、在、正		18
10.	「再」與「才」的辨別	5、23	
11.	難免……		8
12.	動作行為發生的地點：在／到＋處所詞＋動詞	5	
13.	動作的方向：介詞（往、向、朝）＋方位詞＋動詞		
14.	動作行為目的：來／去＋處所詞＋動詞＋賓語		
15.	表示對象或憑藉的常用介詞：跟、給、替、用、對	8	11
16.	表示選擇關係的連詞：還是、或者、或是	3、11	
17.	再說……	16	1
18.	結構助詞：「的」、「地」、「得」	23	8
19.	語氣助詞：「了」	5、10	11
20.	動態助詞：「了」	5	11
21.	動態助詞：「著」	22	10
22.	動態助詞：「過」	14	9
23.	語氣助詞：而已		
24.	動作經歷時間：動詞＋時量補語	20	
25.	結果補語	10、12、14	
26.	評論或說明：程度補語（得很／得不得了／極了）	12	2、3
27.	介紹與說明：是	1	
28.	表示強調的方法：是……的	15	1
29.	關係的表達：有	2、22	
30.	表達請求、命令、願望：把（1）	13	10

31.	表達動作行為的目的：把（2）	13	10
32.	被動意義的表達：被	20	17
33.	比較事物、性狀的同異：A 跟 B 一樣／不一樣	9	
34.	比較：比、最	10	
35.	描述事物的性質、狀態、特點：形容詞謂語句		
36.	正反問句	3	
37.	強調否定：一+量詞+名詞+都／也+沒有+（動詞）	12	
38.	變化的表達（1）：越來越＋形容詞		
39.	變化的表達（2）：越＋動詞＋越＋形容詞	19	
40.	緊縮句：一……就……	14	
41.	緊縮句：再（怎麼）……也……		
42.	在……方面		15
43.	並列複句：一邊……一邊……	8	
44.	並列複句：又……又……	3	
45.	承接複句：先……再／然後……	11	7
46.	讓步複句：固然……		
47.	遞進複句：不但……而且……		
48.	轉折複句：（不但＋不／沒）……，反而……		
49.	選擇複句：與其……，倒不如……		
50.	目的複句：為了……		19

《遠東生活華語》對照表

編號	語法點	對照課別
1.	時間的表達方式：年、月、日、星期	
2.	時間詞的連用：以前……後來……	
3.	距離的表達：……離……＋距離	4
4.	嘗試、輕微、舒緩的語氣：動詞＋一＋動詞	
5.	程度加深的表達：形容詞重疊	
6.	數詞與名量詞	
7.	動量詞	
8.	表程度的疑問副詞「多」＋形容詞（大／高／長／重／寬／厚／遠）	
9.	動作的進行：正在、在、正	
10.	「再」與「才」的辨別	
11.	難免……	
12.	動作行為發生的地點：在／到＋處所詞＋動詞	
13.	動作的方向：介詞（往、向、朝）＋方位詞＋動詞	
14.	動作行為目的：來／去＋處所詞＋動詞＋賓語	

15.	表示對象或憑藉的常用介詞：跟、給、替、用、對	
16.	表示選擇關係的連詞：還是、或者、或是	
17.	再說……	
18.	結構助詞：「的」、「地」、「得」	
19.	語氣助詞：「了」	
20.	動態助詞：「了」	
21.	動態助詞：「著」	
22.	動態助詞：「過」	
23.	語氣助詞：而已	
24.	動作經歷時間：動詞＋時量補語	
25.	結果補語	
26.	評論或說明：程度補語（得很／得不得了／極了）	
27.	介紹與說明：是	
28.	表示強調的方法：是……的	
29.	關係的表達：有	
30.	表達請求、命令、願望：把（1）	
31.	表達動作行為的目的：把（2）	
32.	被動意義的表達：被	13
33.	比較事物、性狀的同異：A 跟 B 一樣／不一樣	
34.	比較：比、最	2
35.	描述事物的性質、狀態、特點：形容詞謂語句	
36.	正反問句	
37.	強調否定：一＋量詞+名詞+都／也+沒有+（動詞）	
38.	變化的表達（1）：越來越＋形容詞	1
39.	變化的表達（2）：越＋動詞＋越＋形容詞	17
40.	緊縮句：一……就……	4
41.	緊縮句：再（怎麼）……也……	
42.	在……方面	
43.	並列複句：一邊……一邊……	9
44.	並列複句：又……又……	4
45.	承接複句：先……再／然後……	
46.	讓步複句：固然……	
47.	遞進複句：不但……而且……	3
48.	轉折複句：（不但＋不／沒）……，反而……	
49.	選擇複句：與其……，倒不如……	
50.	目的複句：為了……	

參考文獻

1. 劉英林（1998），《漢語水平等級標準與語法等級大綱》，北京：高等教育出版社。

2. 楊寄洲（1999），《對外漢語教學初級階段語法大綱》，收錄於《對外漢語教學初級階段教學大綱》，北京：北京語言文化大學出版社。

3. 劉月華、潘文娛、故韡（2001），《實用現代漢語語法》（增訂本），北京：商務印書館。

4. 呂叔湘主編（2003），《現代漢語八百詞》（增訂本），北京：商務印書館。

5. 彭小川、李守紀、王紅　（2005），《對外漢語教學語法釋疑 201 例》，北京：商務印書館。

國家圖書館出版品預行編目

華語語法活動小錦囊 / 宋如瑜等著. -- 一版. --
臺北市：秀威資訊科技, 2007 08
    面； 公分. - - （學習新知類 ; AD0008）

    參考書目:面
    ISBN 978-986-6732-04-1 (平裝)

    1. 漢語教學 2. 漢語語法

802.03   96016112

 學習新知類　AD0008

華語語法活動小錦囊

作　　者 / 宋如瑜、許詩聆、張瑋庭、陳郁茹、龍沛名、蔡欣娟
發 行 人 / 宋政坤
執行編輯 / 林世玲
圖文排版 / 郭雅雯
封面設計 / 蔣緒慧
插圖設計 / 周信辰
數位轉譯 / 徐真玉　沈裕閔
圖書銷售 / 林怡君
法律顧問 / 毛國樑　律師
出版發行 / 秀威資訊科技股份有限公司
　　　　　臺北市內湖區瑞光路 583 巷 25 號 1 樓
　　　　　電話：02-2657-9211　　　　傳真：02-2657-9106
　　　　　E-mail：service@showwe.com.tw

2007 年　8　月 BOD 一版
2007 年　11　月 BOD 二版
定價：300 元

讀者回函卡

感謝您購買本書,為提升服務品質,請填妥以下資料,將讀者回函卡直接寄回或傳真本公司,收到您的寶貴意見後,我們會收藏記錄及檢討,謝謝!如您需要了解本公司最新出版書目、購書優惠或企劃活動,歡迎您上網查詢或下載相關資料:http:// www.showwe.com.tw

您購買的書名:_____

出生日期:_____年_____月_____日

學歷:□高中 (含) 以下　　□大專　　□研究所 (含) 以上

職業:□製造業　□金融業　□資訊業　□軍警　□傳播業　□自由業
　　　□服務業　□公務員　□教職　　□學生　□家管　　□其它_____

購書地點:□網路書店　□實體書店　□書展　□郵購　□贈閱　□其他

您從何得知本書的消息?

　□網路書店　□實體書店　□網路搜尋　□電子報　□書訊　□雜誌

　□傳播媒體　□親友推薦　□網站推薦　□部落格　□其他_____

您對本書的評價:(請填代號　1.非常滿意　2.滿意　3.尚可　4.再改進)

　封面設計____　版面編排____　內容____　文／譯筆____　價格____

讀完書後您覺得:

　□很有收穫　□有收穫　□收穫不多　□沒收穫

對我們的建議:_____

_____

_____

_____

11466
台北市內湖區瑞光路 76 巷 65 號 1 樓

秀威資訊科技股份有限公司　　　收

BOD 數位出版事業部

....

（請沿線對折寄回，謝謝！）

姓　　名：＿＿＿＿＿＿＿＿＿　年齡：＿＿＿＿　性別：□女　□男

郵遞區號：□□□□□

地　　址：＿＿＿＿＿＿＿＿＿＿＿＿＿＿＿＿＿＿＿＿＿

聯絡電話：(日)＿＿＿＿＿＿＿＿＿＿ (夜)＿＿＿＿＿＿＿＿＿＿

E-mail：＿＿＿＿＿＿＿＿＿＿＿＿＿＿＿＿＿＿＿＿＿